民國閨秀集

貳

徐燕婷　吴　平　編著

上海古籍出版社

第二册

綴芬閣詞

左又宜 撰

民國二年（一九一三）刻本

提要

左又宜《綴芬閣詞》

《綴芬閣詞》一卷，左又宜撰，民國二年（一九一三）刻本，巾箱本。國家圖書館、上海圖書館、北京師範大學圖書館、復旦大學圖書館、吉林大學圖書館、南京師範大學圖書館、北京大學圖書館、蘇州大學圖書館、鄭州大學圖書館等有藏。封面有癸丑人日彊村散人題簽，内有壬子九月紹興諸宗元序，並有廬江陳詩題詞，後有陳三立《夏君繼室左淑人墓志銘》和夏敬觀《左淑人行述》。

左又宜（一八七五—一九一二），字鹿孫，湖南湘陰人，左宗棠孫女，新建夏敬觀繼室。夏敬觀是晚清民國時期重要的詞人、詞學家、畫家。婚後夫婦才情相得，頗有賭書潑茶之歡。左又宜雖出生顯貴之家，然其時左家已庭廡蕭然，其親操井臼，比如寒女。從小即有文采，尤擅於詞，生前應當著有詩、詞各一卷，但詩可能當時未刊印，現僅存《綴芬閣詞》，收詞六十四闋，主要寫成於清末。從作品内容來看，仍屬傳統閨秀詞，沿襲了晚清閨秀詞的餘風，囿於生活所限，視野並不寬廣，境界較爲單一。集中尤多詠物詞，還有部分與夫唱酬之作，反映了生活中的閑情逸致。

癸丑人日

綴芬閣詞

彊邨散人

序

夫扶妻齊嘉耦曰妃心同志壹世已相尙若閨襜之中文藝爲娛求諸輓近蓋有難焉昔者如孫淵如王采薇王惕甫曹墨琴王仲瞿金雲門孫子瀟席長眞類以夫婦工文章稱述於世然其時天下方無事惟士與女故能以此自見世有知者遂相與襮宣而推許之謂今無人宗元所不敢知也吾友吷庵喪其婦左夫人之明年書輯

遺詞裒爲一卷將墨諸木以壽餘裒映庵夫婦妙詞翰固夙知之近歲來吳中與映庵相聚時時得誦其夫人之單詞片闋輒復嗟歎初謂房闥燕婉文采輝熾屢得窺於往籍今乃於映庵夫婦見之非今無人宗元之言驗矣紀歲已酉宗元有婦姚之戚嘗爲謌詩以釋悽戾映庵必屬和且往往舉其前室陳夫人怛化之感徵悼逝之昔恨復以左夫人多病爲隱憂宗元今雖

不能盡舉其詞惟慨然感中如夢如囈已
深異其言之不祥也辛亥之夏映庵以事
往膠州宗元方自武昌還吳中映庵來別
悄焉不樂云吾此行闊家人不使知蓋左
夫人方在病宜其臨發不歡有殊平昔追
歷秋冬同居海上左夫人病日以深不一
月遂以赴告嗚呼降年有永有不永戴髮
含齒少壯衰耋窮其所往皆歸一途若有
可傳洵以不朽惟映庵二十年來再喪厥

妃既失才賢顧視嬰稚此宗元重爲映庵傷其侘傺者也曩在吳中與映庵同草奏記文成布算數多舛失映庵持視左夫人綜覈甲乙不溢銖黍是則左夫人不僅擅索文字且通疇人之術矣衡其學藝同於士夫慧業殊詣乃復以詞自隱滋可惘也今遺稾刋行映庵強使爲序用述所知之梗概以歸映庵壬子九月紹興諸宗元

題詞

廬江　陳詩

湘陰昔鼎盛，詩禮庇厥族。孫謀詒婉婉，式叶鏡臺卜。泠泠海上琴，森森玉樹簇。瀠搖歲除詠，心結孤山屋。丁未歲除夫人和央盦疏影詞有末世悲歎及早收身可有孤山林屋之句人生一旦暮，況遘百憂促。殘日墮虞淵，墓草凄以綠。懷此耿耿志，清詞散珠玉。獨吟安仁悲，霜風凍佛粥。

題詞 一

綴芬閣詞

湘陰左又宜

風入松

笛聲花裏度悠揚刻羽流商滿川月色無人見誰家三弄新腔此夜高樓愁煞玉龍一曲能降　梅花幾度落澄江韻繞空梁鳴蛙四起清音絕片時煙水茫茫天際碧雲欲下古城曉角悲涼

女冠子

六花消盡尙覺餘寒未褪夜何如伏枕紅棉薄催眠玉漏疏一歌湘月酹千篆越藤書破曉東風冷怯瓊梳

酒泉子

三月柳花雨態煙痕慵整對盤龍窺鬢影泛朝霞五更歸夢近儂家休把閒愁重說望天涯生曉月掩窗紗

點絳脣

風輦雲飛蘂宮夜半仙人降翠蛾池上影

共鴛鴦雨　心比芙蓉葉與花相向香風
颺采蓮清唱雙遏流雲響

漁家傲　戲投央盦

漁父生涯眠起早空江一棹蒼蒼曉汀岸
蒙茸新長草行處好嘯聲驚斷迴環鳥
年少煙波鷗鷺渺五湖倏忽扁舟老酹酒
鳴榔天一笑鼇也釣醉餘不畏蛟龍惱

前調　元宵立春戲作平韻

一年新酒換屠蘇挑菜探梅幾日無纔把

宜春兩字書月圓初燈市今宵醉後沽演成鮑老舞氍毹夾道龕山路轉紆奪得驪龍照夜珠萬人呼可也南都勝北都

醉花陰　水仙花

水雲衣帶淩虛步自抱冬心素翠袖拂煙羅冉冉春魂風轉飄香雨隔溪清磬驚初曙海上潮囘處坐愛古燈紅寶相圓音蓮座高參悟

菩薩蠻　和吷盦春雪

柳絲將放闌干曲東風碎翦玲瓏玉蝴蝶打成團梨花千樹攢　昨宵林影白錯認天街月曉起捲簾香雪花飄滿窗

一翦梅

蜜炬熏鑪細細燒不似春宵還似寒宵薄煙深院杏花梢難道明朝便是花朝　苔上殘紅點點飄香滿簾腰綠滿裙腰鄰娃莫去踏春郊鏡裏容銷夢裏魂銷

玉樓春

小樓人倚闌干立酥雨和煙宵未息堦前新遍綠苔痕陌上忽添楊柳色阿儂空有憐花癖爲替花愁眠不得忍寒燕翦掠波還零落香泥多帶溼

金縷曲

莫放雙丸逐儘銷磨樓前煙水檻邊花木龍腦一鑪茶一碗滌盡平生塵俗分領署人間清福漫問禁煙明日事且嘗騰閒展離騷讀眾醉也醒還獨 幽蘭並蒂宜空

谷有奇葩與君相賞其人如玉我已布衣椎髻慣未羨膏粱牢肉向縹緲飛闌東曲幽徑雲停門不鍵戛琅玕幾樹森森竹盎春雨長新綠

天香 牡丹

花葉新題朝雲未寄春眠畫閣誰省繡被猶堆錦幃旋捲麗日醉霞相映輕移素腕閒寫出傾城嬌影佩暖羅鬆對卷玉顏宿酲都醒 低徊寶闌又凭譜霓裳綠雲催

瞑料不共他凡蕊強簪霜頂幾許胭脂淚染怕鏡裏殘妝壞難整豔照金蓮宮袍夜炯

浪淘沙　寄央盦金陵

樓外雨瀟瀟寒透疏寮玉釭與我兩無聊自是離人愁不寐休怨長宵　望遠更魂銷雙槳迢迢青溪柳色白門潮爲語東風須著力早送歸橈

滿庭芳　柳絮

如霧如煙非花非雪趁風經過練帷漢宮隋苑行遍短長堤著意傷春春盡今古淚點點沾衣憑高望江南江北草長更鶯飛迷離思故國飄零何限祇送斜暉與落紅同命流水難西明鏡已羞華髮相將認栗里柴扉須知是無涯生死世路有高低

齊天樂 菊

十風九雨重陽過秋光更饒籬菊敗葉堦除疏桐院落秀奪一天霜足堆黃熨綠自

不爲春華不因寒肅野韻幽芳獨開遲暮
避塵俗　書窗分取一束稱詩懷澹雅瓶
水新掬瘦影離披青鐙暗月添寫屏山六
幅翛然遠谷伴楚客狂吟亂頭簪簇醉擘
霜螯晚香樽泛綠

浪淘沙

何處望鄉關煙鎖迴闌流光一失去無還
千里辭家頭易白遮莫春殘　兩載失承
歡江路漫漫聊憑雁足寄修翰安得乘風

生彩翼飛到湘南

壽樓春

驚東風吹來有紅情綠意飛上瑤釵恰喜椒盤稱頌畫堂筵開殘臘盡韶光回賁一番天公安排看綵燕翩翩新鶯嚦嚦歌吹舊樓臺　鼇山結嬉遊纔想承平粉飾燈火蓬萊幾處銀花光合玉梅香猜城不夜春無涯趁踏歌銅壺休催但明月隨人人閒暗塵飛九街

一斛珠

綺窗月透一枝梅影如儂瘦人閒愁恨花應有小立多時清淚涴紅袖拚取金尊開笑口與君花底長相守莫放江南春在柳春損腰圍寬減定非舊

蝶戀花

殘月橫窗簾似水人在天涯秋在蟲聲裏一院暝煙飛不起臨風戲擲相思子 玉楯朱闌閒徙倚良夜迢迢一半消磨醉覓

得新詞還自喜悄吟背立紅檀几

浪淘沙

窗樹夜蕭森燈燼香沈荒堦滴雨好難禁不管人閒秋思苦到曉涔涔　坐起費愁吟調弄徽音冰絃瑟瑟雁愔愔收拾古今無限恨並入瑤琴

一萼紅　梅

歲朝春坼繁英千點照眼一枝新凍蘂摧冰寒香碾玉妝點還自宜人邃館靜臨風

障袖便移近林底暖芳尊素被香篝莫孤花艷爲喚嬌雲　休恨開時太早到桃緋李素一例成塵蕚綠嬌羞飛瓊薄醉爭似雙頰潮痕倩江郎爲呵彩筆向猩屏雪壁替傳神映水年年清絕長是銷魂

念奴嬌　題丹徒包蘭瑛女士錦霞閣詩集

瑶編一卷是天孫雲錦霞烘晴膩玉手薔薇春漲涴淨洗粉濃脂麗筆落珠圓吟成綺燦一種幽芬氣空江浮玉翠蛾頻照秋

水闘道別浦花繁收將鳳紙小疊迴文字夜月高樓香霧溼腸斷紫簫聲裏明聖湖光毘陵山色繡模蓮風起弄煙題葉定應香茗能繼

柳梢青

簾捲香銷輕寒惻惻良夜迢迢春過春分月圓月半花發花朝　年年此際春饒花月下金尊酒澆邀月長空祝花生日且盡今宵

如夢令

芳草天涯靑遍滿地落花紅旋春去太無情惆悵雨絲風片休怨休怨胡蝶殷勤留戀

霓裳中序第一 用草窗韻

苔衣冷翠疊亂石荒階飛敗葉蛛網當門暗結更古甃絮蟲頹垣篩月香消臂雪賸錦箋都付吟篋還追念別巢燕老軟語向儂說凄絕銀屏涼咽歎客裏流光易滅

清商惟是怨別悵淚溼紅輪腰冷金玦唾壺敲又缺怕更譜陽關恨闋秋如水西風庭院夢繞故園蝶

臨江仙

月到當頭何限好人生幾度相逢癡雲今鎖廣寒宮終宵明鏡掩可是晚妝慵　窗外蠟梅初破蕊生憐香影迷濛簫聲和徹玉玲瓏高闌頻縮手怯聽雁啼風

虞美人　寄映奩徐州道上

宵長漏永鐙初灺積雪明鴛瓦月波寒浸小庭心睡鴨香銷還自擁重衾　郵籤細數程過半腸逐車輪轉殘淮殘汴易生愁爲恐朔風吹霰白君頭

疏影　紅梅

廊空檻曲喜一枝放早嬌恣春足隔影娟娟時點繁紅橫斜未假妝束空山雪卸魂歸後倩紙帳輕籠低覆總避伊玉殿溫香傍我補籬茅屋　聊共東風一醉翠尊向

盡處搴動簾縠淺水波明掩映芳痕肯比桃華穠郁冰肌縱染胭脂色望冷艷天然風骨等亂霞幻入梨雲寫作粉綃晴幅

菩薩蠻 自題小影

年時憔悴常扶病開匳怯見菱花影相對是耶非端相還自疑　帶寬衣自舊天遣愁人瘦更欲畫儂愁誰爲顧虎頭

醉花陰

爲恐江城風信動折取宜珍重賸得兩三

花紙閣蘆簾祇合爐仙供　銅瓶雪水初消凍淸入羅浮夢點綴鏡匳邊一種孤芳還與君相共

摸魚兒　玄武湖夜游

弄薰風滿船涼翠載將明月同去蟬聲喚醒江南夢引我鏡波容與天未曙渾不辨漫漫萬頃湖田路危城盡處看架樹爲巢結蘆作屋祇有逸民住　蒹葭際冉冉一汀煙露芳情知寄何許荷花似與人相識

隔水數枝無語休折取怕已有商飆入抱傷今古悲秋更苦慿蘋末吹愁衰紅滿眼瑟瑟繞絃柱

臨江仙 白荷

幾曲銀塘光不定泠泠水佩風裳不須濃抹鬭時妝凌波微試步欄檻晚飄香 昨夜西風殘暑退玉肌何限清涼還將心苦駐年芳幾生成淨果長在水雲鄉

蘇幕遮

漏沈沈香裊裊廊轉花深簾幕風來小試拍紅牙歌水調尺半湘筠吹弄霜天曉醉顔酡明鏡照過盡韶光事事輸年少來日白頭昨翠葆自後思量更說而今好

虞美人

小樓一夜廉纖雨釀得春如許峭寒和夢鎖銀屏倦聽街頭喚過賣花聲　柳枝知近清明節拂水絲千結南窗藥氣不勝花莫更開簾凝望碧天涯

蝶戀花

怯試春衫寒尚悄細雨斜風不管鶯花惱上巳清明都過了杜鵑聲裏韶光老寂寂重簾香篆裊乍喜新晴簷鵲還相噪花落闌空人窈窕綠窗自譜幽蘭操

風入松

玉堦芳草碧迎眸粉蝶夢痕留畫闌點筆裁詩句傍吳花濃釀春愁庭院棠梨開偏夕陽偏在高樓 殘箏獨倚樹枝頭綵綫

不曾收籠鸚向晚呼燈火怕遙山黯對簾鈎休被東風吹散鑪煙幾縷清幽

月上海棠 立秋夜對月

西闌皓月移花影問何人能駐片時景坐對高梧露華清葉飄金井涼颸起玉殿雕闌自迴　人間百喚伊誰應想嫦娥沈醉未曾醒輾轉愁思玉繩低素光無定今宵拚與汝同遊幻境

摸魚兒

浸寒堦破雲篩月珠簾垂又還捲西風祇會吹梧葉那惜芳園零亂荒夢短聽一夜殘螢病蟀成愁歎孤城陋館但牆柝喑聲壁燈昏影怎放曙痕展　西樓畔望極江天更遣南來曾未歸雁吳山越水相重疊盡是善愁眉眼凝恨滿翹首處中庭咫尺懸河漢玉盤自轉想桂樹彫零婆娑終老歌盡舞人散

臨江仙

莫道春歸愁已絕殘秋別樣難支畫闌凭遍月輕移誰將纖影又送極天西　待倩征鴻傳信息斷腸空遺凝思暗風吹動敗荷池岸邊衰柳猶自舞僛僛

一葉落

小院落秋陰薄夕陽一片畫闌角井梧已漸彫新涼誰先覺誰先覺滿眼西風惡萬籟寂霜天碧月明滿地夜碪急雁飛紫塞遙相思無終極無終極夢破蟲吟壁

暗香

除夕庭梅盛開置酒花下以風琴譜白石暗香疏影詞聲韻幽美因與映盦各和之

四山寒色漸冷魂喚醒燈樓橫笛細蕊乍舒雪底闌邊好攀摘驚聽催春戲鼓休閒閣吟箋詞筆趁此夕一醉屠蘇花暖燭搖席南國思寂寂歎歲去歲來萬感縈積翠禽漫泣仙夢羅浮那堪憶清漏簾開滴盡疏竹外雲封殘碧怕暗暗年換也有誰見得

綴芬閣詞

疏影

苔盆種玉倚繡屏婀娜深夜無宿碧袖天寒朔管頻吹淒風弄響簾竹薰籠紙帳烘纔暖但笑索枝南枝北想姹紅悉待春來讓却此花開獨

同向燈筵送歲醉顏對鏡淺杯映眉緣末世悲歌及早收身可有孤山林屋宵殘臘賸悤悤去瞬息奏落梅酣曲恐漸攜臥陌長瓶酒漬掃香裙幅

蘇幕遮 鳥聲

雨濛濛春悄悄柳陌花堤宛轉千回繞燕舌鸞喉容易掉已解人言祗分傷春老度波心穿樹杪一世歌脣含恨知多少短夢驚殘晴色好香霧迷離一帶樓臺曉

前調 賣花聲

曉雲輕晴旭早折取紅英欲換榆錢小行過短牆經曲道吳語聲嬌相和枝頭鳥暖蜂遊妝鏡繞夢隔紗窗酒醒鶯春鬧閒倚樓闌聽漸杳幾陣迴風微送餘香裊

減字木蘭花

春深春淺九十韶光纔一半乍暖還寒翠袖娟娟怯倚闌　亂愁如絮無奈東風吹不去碎雨零煙深院花枝瘦可憐

滿庭芳

谿水拖藍遥山凝碧畫屏環抱柴門青畦方罫雨洗一犂春風引殘霞漾影垂楊裊煙濟橋曛驚花杪疏鐘遞遠鴉犢趁歸人仙源何處是黃冠白袷酒畔逃秦更滋

蘭九畹爲返騷魂柰有先鳴啼鴂空惜此百草無薰悲歌老相遮野舞勞夢息虛郎

解語花 白桃花

肥堆豔雪澹卻濃脂生恐朱顔誤淚痕彈許清鉛水點滴袂羅娟素天台舊路怕玉洞更無尋處瓊樹新春在樓東子夜歌誰度　斜傍雕闌怨暮恁千紅成陣珠玉頻覷倩魂來去流連久露井粉光無數停尊待語有澹月淸風遲汝愁宴闌門掩深深

綴芬閣詞

同夢梨花雨

水調歌頭　題桃花源圖

先輩落心畫，粉本拓煙霞。峰迴路轉，忽露茅屋兩三家。似識漁郎能醉，別有仙人爲市，望望酒帘斜。一帶水楊柳，萬樹碧桃花。繞村郭，聞雞犬，見桑麻。不因蠟屐，誰信春色在天涯。坐泛鏡中紅景，人世流塵四散，長此駐韶華。展壁卧遊得，奚必武陵誇。

如夢令

金鴨香殘煙暝，翠竹無聲風定，舉袂障銀釭，回見月光東映。人靜，人靜，廊外露寒天迴。

南歌子 尋梅

夢醒香生處，窗虛日上時，畫檐微暖翠禽知，應是東風著意釀南枝。　殘雪山皴瘦，清冰水骨奇，行行且過小橋西，一樹寒葩掩映出疏籬。

探春慢 蠟梅

綴芬閣詞

蝶翅胎黃蜂鬚釀蜜昨夜微香初透月冷雲封霜欺雪壓卻是峭寒時候幾度臨風看怎玉骨一般消瘦綺窗紙帳深籠仙禽應也廝守　枝上金鈴繫久想皓腕輕攀冷香盈袖伴我清吟松閒竹外兩兩素心無負長記年時裏醉妝薄染顋春酒窺影冰池歲寒標格如舊

金縷曲　冰花

鏤就玲瓏葉縱東風吹花有信不教披拂

幾夜銀塘寒威迸偏聳嶙峋瘦骨似玉樹
琪葩森列更向月中頻窺影閒前因空色
誰生滅如有恨自凝結 琉璃世界瓊瑤
戛怪浮漚無端幻此甚時銷沒碎蕊兩三
還拈取貯向玉壺自澈好共與梅魂幽絕
姑射仙人今何在對嬋娟千里肌如雪閒
指點信孤潔

慶春澤

霜月凝暉風燈暈影偏驚長夜如年夢斷

家山迢迢，水驛三千，波魚雲雁渾無準。漫思量、尺素遥傳，念湘流日夜，東來盡繞樓前。鄉愁脈脈知何似，歎蛛絲、宛轉方寸長牽。極目高閣，白雲親舍誰邊。烏啼祇傍吳坊樹，正四更、城柝催眠。料江頭、寸草心枯，還鎖秋煙。

聲聲慢 七夕

微雲擁鬢，纖月修眉，銀河匳鏡分明。涼浸瓊鋪，天街仰睇雙星。人閒女郎好事，早安排瓜果中庭珠簾外垂垂燈火零亂風螢萬草千花凝碧正象牀玉手織錦初成中有迴文行行爲訴離情此夕露橋自迴怪下方烏鵲無聲還墜響恍天風吹下玉笙

齊天樂 新柳

夕陽紅外吟情古湖堤幾絲飄影乍染衫痕纔舒帶結小葉娥妝慵整輕煙弄暝見淺搭闌干薄依桃杏爾許青陰酒邊游客

夢初醒誰憐樓下逝水有雛鶯嫩語愁裏難聽故國堪嗟江潭易老更奈風狂雨橫娭光換景歎新恨頻添舊眉都省折贈行人送春春去迴

憶秦娥

山光白山頭雪襯天光黑天光黑沈沈遠水玻瓈凍墨嵌空一片媧皇石終南太華無人跡無人跡無今無古也無朝夕

生查子

把酒問東風怨入花鈴語祇解送春歸未肯吹愁去　廊外蕩輕煙簾際飄香雨枉煞柳絲長不繫韶華住

又

珠箔隔輕寒鸚鵡籠中語猶喚鎖重門怕放春歸去　桃李可憐生昨夜啼紅雨點點帶愁飄吹入春江住

長亭怨慢

乍驚覺一城春去料想東園綠陰無主冀

鬍燕霾黛痕頻向翠蛾縣繡簾空卷雲疊疊闕山暮便訴與常儀祇贏得淒涼三五情苦裊垂楊一線漫欲繫春教住天涯悵遠怎但在闌干斜處拌換卻滿眼流光夜窗聽沈沈風雨問燕子能言曾喚春人知否

醉春風

莫把辭春酒春來渾未久綠窗病起試羅衣瘦瘦瘦覓句闌邊插花頭上此情非舊

夢裏江潭柳春至先回首雨絲風片送
春歸又又又芳草無邊春歸何處問花知
否

桃絲自度腔 辛亥四月廿四夜夢雨仙女遺予異卉二枝其一條色慘碧紅絲垂垂非花非葉名之曰桃絲其一翠葉淺深相間方圓斜整形不一致名之曰翠淺波覺而異之因其名各製一詞

清波難寫流虹影喜夢裏垂垂此似人閒枝葉異桃絲 紅房爛煮瓊花宴問此會何時四十九年償慧業歸遲

翠凌波　自度腔

香逼衾鸞鬢欹釵鳳斷鼓零鐘薄醉和愁擁哀雁啼蛩清露重翠生生幻出凌波夢

靈根知是瑤臺種艷葉柔絲不與凡花共待展砑粉吳綾寫幅屏山清供珠箔深沈不教風雨吹送

浪淘沙

簾外綠陰濃簾裏春慵風風雨雨夢魂中睡起不知春已去一晌惺忪　花事太悤

怱愁裏相逢芭蕉又展一重重多病卻妨身不健還怯東風

蝶戀花

雲鬟蓬鬆釵欲墜日過紗窗猶自厭厭睡病起扶頭常似醉身慵半擁香羅被　臉際銷紅眉鎖翠明鏡無情偏照人顦顇卻恐東風侵繡袂落花祇在重簾外

夏君繼室左淑人墓誌銘

義寧陳三立

淑人左氏名又宜字鹿孫清太傅文襄公女孫子建府君孝勛之冢女也秉質沖懿嫺蹈軌訓受羣經章句類曉大誼旁涉藝文吐辭妍妙太傅特鍾愛之太傅勳籠區夏門無羨財子建府君復耿介自晦庭廡蕭然淑人布裳虀食井臼操作比於寒女尋遭父喪母夏夫人哀悲寢疾候伺湯熨

輒失餐寐一夕焚香祈禱合目見佛母疾遂瘥族黨交頌焉年廿八歸爲新建夏君敬觀繼妻爲母夏夫人從子也夏君父前官湖南督糧道罷歸清貧相埒淑人爲婦如爲女奉姑宜室恂恂愉愉匪懈益虔夏君時服官江南頗疲政役然卓犖自憙縱覽墳籍不廢聲詩淑人亦夙擅吟弄尤耽倚聲黝壁膏檠對榻冥索神開靈伏精魂回移迭不覺邂逅何所夏君嘗詭語賓親

帷几之側細𢇁之上殆緬穹巖大谷惘惘與造物者游也先是淑人幼工刺繡凡山川卉木蟲魚禽獸人鬼物怪之屬脫手縑幅巧合天製頃歲國人始競美術淑人有所刺三村桃花圖綴夏君蔫山溪詞其上傳視仕女莫不驚歎云歲辛亥東南擾變羈棲滬瀆淑人倉卒挈子女自姑蘇移居僦椽委巷警閧交互遂乘沈痾于是年十一月二十日卒春秋三十有七著有綴芬

閣詩詞各一卷夏君刊行之男子子承英承縈承宣女子子二人卜以某歲某月歸葬新建某山之原夏君軫德音之曠邈撫芳菲于未沫掇述狀誄其聲有哀焉爰爲之銘銘曰

雝雝華閥降靈毓祉允蹈徽猷亦綜圖史充德涵光以贊君子衎佩委蛇甗錡滫瀡驚霜薄顏芷銷蘭圮孰名死生學誦在耳襲馨瑤編延暉千祀

左淑人行述

淑人左氏名又宜字鹿孫湖南湘陰縣人清太傅文襄公之女孫也幼聰慧授詩禮輒成誦太傅特鍾愛之逾於諸孫父子建先生諱孝勛母夏氏予從姑也淑人年十九歲居父喪哀毁不食嬰肝胃之疾諸弟時皆穉弱會第三弟繼殞母憂悼致疾晝夜侍湯熨寢食俱廢焚香祈禱至合目見佛母病以瘥太傅仕清開拓新疆功高而

無私財以遺子孫者薄田數畝而已子建
先生介然自守而又早歿以是門第雖顯
貴而家世清貧諸弟入縣學例須納贄至
稱貸於戚家淑人布衣淡飾居貧不怨予
以中表之戚恒至其家見其孝睦有儀信
有以異於常人也年二十八歲歸爲予婦
先是予父官湖南糧儲道以予與淑人同
歲生總角時即有婚姻之約議未成而予
父罷官還南昌嗣以安化陶氏爲介遂娶

長沙陳淀生先生女與淑人亦中表姊妹
是爲予之前婦結婚十年而陳氏歿遺一
子三女幼女及子復相繼病夭予悲愴不
欲復娶予母聞淑人猶未有聘以其賢也
爲求婚以續前議予家襲遺產不豐中遘
患難益就貧迫淑人來歸躬自操作與在
室無以異吾鄉素以兄弟子姪不分爨爲
美俗往往求親反疏家庭之間誠不易處
淑人幽嫺貞靜凡所以自愛以愛人者無

微不至情摯義重以塞予悲予至是漸蠲胸中積慘復有室家之樂予喜爲詩古文辭且時以其所學就問於予故所爲歌詩益精進著有綴芬閣詩詞各一卷又喜繪畫工刺繡所繡山川草木鳥獸不加粉墨栩栩有生氣吾國向有蘇粤之繡類皆麤拙自近今東西各國以繡品輸入賽會始知以是爲美術淑人則在二十年前已精其藝未嘗有師授曾以予賦三村桃花驀

山溪詞爲繡圖置字出以示畫家皆贊美之予自壬寅去鄉土凡十年由江甯遷海門而上海而蘇州皆攜家與俱未譾爲客之苦淑人素孝母自孩及長未嘗離母左右自爲予婦去母家益遠戀母之意無一日不慊然感中也事予母孝一如事其母予在官服務温凊定省之職賴婦代之歲巳酉予奉繼母諱歸櫬南昌渡鄱陽湖遇風舟覆予季弟敬鑒以身殉焉淑人體質

脆弱而納穀寡育子女六氣血益損耗由是驚慟夙疾復發又不欲以病重予之憂隱忍不茹藥餌緜惙牀席遂以不起蓋歲辛亥十一月二十日改元正月初八日予甫移居上海之時也子承英承繁承宣女琳琪珠承英琳已從淑人授讀餘皆在抱珠後淑人二十四日殤嗚呼予與淑人爲夫婦凡十年所以報答其生平者惟泚筆以記其遺行已耳豈不哀哉夏敬觀述

郭堅忍 撰

游絲詞

民國二年（一九一三）鉛印本

提要

郭堅忍《游絲詞》

《游絲詞》一卷，郭堅忍撰，民國二年（一九一三）鉛印本。國家圖書館、上海圖書館等有藏。前有癸丑冬初芷漁署簽，甲寅年真州吴恩棠、兄寶珩（藷厂）和妹少槐題識，另有癸丑冬郭堅忍自序一篇，丙午除夕臧穀題詩二首。

郭堅忍（一八六九—一九四〇），原名寶珠，字韻笙，後改字延秋，江蘇揚州人。紹興陳芷漁室。郭堅忍出生於揚州書香門第，平素喜吟詠，尤工倚聲，旁及繪事，爲文「無絲毫兒女囁嚅態」。郭堅忍以宣導女權、創辦女學聞名，是揚州婦女界的著名領袖，也是近代揚州婦女解放的先驅。其曾創立女子學校，成立不纏足會，創辦《女子參政月刊》。在國民黨執政時期，各縣成立婦女會，其被推舉爲揚州婦女會會長。郭堅忍曾著有文集，《延秋館詩鈔》和《四十日避地詩》鉛印本等，惜皆已散佚，唯存《游絲詞》一卷。其自序云：「於詩詞一道，並不諳其音律。惟早歲從夫，高堂遠隔，烏戀之私，未能或已。每托興於吟詠，積牘連篇，不忍自棄，已成一卷。」《游絲詞》摒除無病呻吟之積習，不以雕琢詞章爲能事，婉約與豪放兼具。感懷憶舊諸闋，纏綿悱惻，聲泪與俱，有易安詞風。《浪淘沙·癸丑春暮滬上作》

「江水恁滔滔，無定風潮，笑他過客爲誰勞」，《浪淘沙》「遥望奔長江，何處吾鄉，阿誰省識舊行藏。明日掛帆歸去也，耕種麻桑」等語，又頗有東坡詞餘風。

癸丑冬初

游絲詞

吾然為堅忍署

序

揚州有郭堅忍而後有女學而後有不纏足會堅忍爲揚州女界傳人無疑顧人但知堅忍之熱心社會開通風氣爲當今教育家而不知其家政之畢理婦德之無闕鍾禮郝法爲世模範蹤跡所至貞媛淑姬争北面執弟子禮其爲文走筆千言無絲毫兒女囁嚅態生中喪慶事輒有撰著寶稠人廣坐中賓客傳誦詫爲未有授課餘閒旁及纘事兼以詩詞揚州鹽筴利藪所謂嫁作商人婦者多羅綺薰香不識一字故堅忍所爲詩除雁行酬唱而外邦之人尠可與言尤工倚聲善承家學余外舅湘蘘先生爲堅忍

之叔祖楚生孝廉爲堅忍之胞兄也蓋淵源有自矣近以所著游絲詞將付剞劂問序於余余深幸堅忍之將以詩歌文字傳余因尤願堅忍之不僅以詩歌文字傳也

甲寅秋九月眞州吳恩棠識

序

女弟錡笙幼工詞翰早年遠嫁花萼之愛未之久也三十年來或數年一見或十年一見見輒出其述造境乃益深不以兒女之縈米鹽之乏死喪之戚奪所嗜也近纂其所爲詞將付剞劂問序於兄兄老矣以不能敵歷妻孥遂至一錢不值每值看花命酒輒復索然寡歡回憶尺籬寸板側帽微吟恍如隔世若以聲律刻相質正如齊次風之墮馬餘生記憶全失豈復能爲君彌縫其闕而匡救其誤乎抑吾聞之海上有三神山者昔人命舟欲前風輒引去今桑田滄海若彌爲是山去中國漸近都人士女多往遊

覩大率樂其山川而愛其習俗將併吾儕舊藏之六經羣籍悉拉雜而摧燒之以举高千秋國之教令故近今文字多帶假名之性質斜合幔小道辭澀思深尤非時賢所樂覯然則斯編之出欲與伊何人斯抱此冰雪抑亦新名詞所謂困難之問題也甲寅雨水節閩兄寶珩謹識

序

余少堅忍姊兩歲總角嬉戲固未嘗昕夕離也嗣　先考外峯府君宦於浙余隨侍往光陰忽忽與吾堅忍姊不相見者已三十餘年矣此三十餘年中兩人境與心違居恒鬱鬱不自適而兄弟姊妹又天各一方不能相聚首水長山阻音問罕通吁可慨矣姊時時以未克盡養於　先伯父母爲憾故自其舅姑逝世後移寓揚州創辦女學校以供年時之祭掃余乃僻處安徽之太平青陽鎮每閱報章見吾鄉女學界有郭氏堅忍者輒心儀之不能忘初不料堅忍即吾姊與女學後之自號也今春掃墓來揚獲見吾

姊一鐙話舊執手欷歔往事重提恍如隔世蓋滄桑之局又幾度變遷矣姊復以所著延秋館詩詞見示余慚不學於音律一道未窺門徑而讀其感懷憶舊諸作纏綿悱惻聲淚與俱因念人生若夢聚散無定未來之事不能逆覩至茲以往與吾姊更不知是何狀況且何時再晤矣因將余愛讀之游絲詞選擇若干闋以付排印世有不得志如余姊妹者乎讀之可以其諒其心矣甲寅春暮妹少槐識於揚州女子公學之寢室

自序

鄙人昧道懵學雖托體世冑幼奉　椿萱訓誡令稍讀書僅能略辨之無於詩詞一道并不諳其音律惟早歲從夫高堂遠隔烏戀之私未能或已每托興於吟詠積牘盈篇不忍自棄已成一卷又常讀李易安之令慢愛不釋手豈敢效顰然余心又有難自抑者今編成一帙眉曰游絲詞其輕而且細也秘之篋巾不以示人俟他日或有知余者及諸兒女輩見此諷之上口亦足以移情也若云可傳則吾豈敢癸丑冬暮延秋館主郭堅忍自識

二十年前識若翁吳陵揮手各怱怱誰知異地生兒女柳絮新吟者樣工
國初諸老愛填詞筆筆空靈宛似之説與鈍根人不解晴空一縷漾游絲

丙午除夕臧穀題

游絲詞

江都郭堅忍延秋

菩薩蠻

秋來百事皆無可雙眉鎮日重重鎖畢竟爲何愁淚珠長自流　玉堦閒獨步寂寞前游路遠信最難憑征鴻到未曾

如夢令

窗外梧桐雙樹簾內金鑪香鈷歷事日無言自覺此心難訴難訴難訴閒誦樂天詩句

浣淡紗

四壁虫鳴薄暮天微微鑪內裊殘煙繡餘無力祇貪眠
小院悄寒新月上一行雁字過簾前箇儂惆悵又題箋

祝英臺近

寄妹

擘雲箋開寶硯幽恨怎生遣懊惱秋虫不管客悽怨怕看
籬外花黃簾前月瘦更思我昔時庭院　思更見除是再
世同生化作一羣雁來去連翩聚散莫違願最難此刻淒
涼終年分別極目處楚湘遙遠

欄杆萬里心

曲欄拍遍費躊躕望斷征鴻一紙書迢遞關山千里餘究

何如爲恁多時夢也無

前調

滿庭月色掩雙扉花影扶疏蝙蝠飛坐久澄澄[illegible]侵衣怯
空閨故弄銀箏不忍歸

點絳脣

題琳琖大姊小影

道恁憔悴翠鬟慵整顰眉嫵怨封侯否一笑爲題句　默
坐擁書釋卷無情緒愁千縷好纏伊住莫放天涯去

西江月

和李夢蘐女士韻

惆悵盈堦落葉淒涼滿院秋風含愁不語盼征鴻腸斷多時信邇　得句慚非詠絮閒行無奈身慵一腔幽怨問梧桐可否舊遊能夢

玉樓春

贈鄰女

朱樓掩映垂楊柳玉笛橫遮樊素口見儂何事也含羞放下簾鉤朝內走　芳心亦解傷春否既遇知音甯忍負料卿月上定重來獨立墻東凝望久

一籮金

月色溶溶人睡去綉幕風吹閒坐無情緒欲撫瑤琴仍又

任知音千里關河阻　亞字欄前涼幾許將老秋花那禁
風和雨羨煞行雲能自主含情默默看牛女

惜餘春

苦雨

颯颯瀟瀟疏疏點點不住梧桐亂滴梅妻含淚菊婢低頭
都被風姨狼藉惆悵閒凭曲欄落葉盈堦暮煙如織此時
倍無奈昏黃庭院草苔皆濕　誰念取倦鳥歸林悲鳴羽
重也有衷腸難說瀟湘幽怨洛浦深情都對蒼蒼同泣驀
聽鐘敲遠寺衣怯宵寒紗窗凝黑待挑鐙人靜淒淒冷冷
溜簷愈急

鳳凰台上憶吹簫

覆妹書後

欲賦滄浪將歌河滿擘箋幾度凝眸對黃花惆悵豈爲悲秋說甚金章紫綬少年志齊付東流此中事君休過問春去難留　封侯料應無分飄泊了餘生甘侶閒鷗奈心非木石何計能謀忍負青山綠水已看透萍跡沉浮明朝約煙波刺船散髮忘憂

釵頭鳳

風吹幕入驚覺宿鴉啼得銀蟾落譙樓鼓鄰家杵蹙眉閒聽擁衾無語數數數　吳棉薄鸘懷惡一燈如豆垂雙尊

香消縷天將曙紗窗瀟颯侍兒看取雨雨雨

菩薩蠻

芭蕉

燈前掩卷凝神聽疑風疑雨猜難定更有碧梧桐疏疏聲亦同　小窗虛閤外春去伊猶在曉起見新霜可憐憔悴煩

減字木蘭花

秋海棠

橫波不語化石山頭終莫補試問梅花何福脩生處士家愁依玉砌月出黃昏渾欲睡鵑血凝紅弱質那禁雨又

風

菩薩蠻

秋葵

飄然獨抱出塵態，丹心一點千秋在。非愛道家裝，不隨桃李芳。　嫩黃疑似菊，枝葉纖纖綠。無力倚風前，輕盈欲化仙。

醉紅妝

月季

四時長受露華濃，對葵黃，伴桃紅。牡丹芍藥總堪從，金屋貯，玉堂供。　東皇底事獨情鍾，偏伊可，奪天工。不管海棠

春落也腸斷在暮煙中

金縷曲

隱括李謫仙將近酒詩意示友

天上黃河水悵滔滔奔流倒海直過淮泗明鏡高堂君不見朝暮頭顱改矣但得意千金休棄莫使金樽空對月盡吾歡酒後昏昏睡歌一曲願長醉　牛羊烹宰供殯饌又何須鼓鐘饌玉侯尊王貴自古聖賢皆寂寞飲者名流後世平樂宴十千方巳莫嘆囊中錢竟少試呼兒將去貂和騎同二子逐愁退

字字雙

垂楊陰裏樓外樓春水一溪流又流長安年少侯封侯征場白骨收未收

前調

春來春去年復年兔走烏飛天復天青山終古閒復閒坐看波浪添復添

菩薩蠻

得揚州故友來信却寄

人間最苦生離別、柔腸怎禁千重結、喜得雁書來、遲疑又懶開、滿懷幽鬱思、一把飄零淚、難得故鄉中、親朋尚憶儂、

夜行船

寄荇洲伯姊

忽忽悠悠常若醉不如斯卽難安置鬱恨千重幽愁萬斛
提筆轉無一字　臨鏡自驚老已至而今是屏除壯志後
會何時相思鎭日書滿箋頭皆淚

於中好

再寄荇姊

新來倍覺無情緒正悲秋又愁秋去臨風獨憶神仙侶便
夢也難尋遇　此生全被癡情誤祇嬴得悽凉悲苦書成
欲喚征鴻住尚未盡心頭語

菩薩蠻

又寄芓姊

休言鍾郝閨儀好而今兩地愁顛倒衹有月華明深知彼此情　同心能有幾各被聰明累惆悵奈天何偏遭白眼多

蘇幕遮

戊戌中秋有感

雨絲絲風細細不測天心一變何如此深下重幃門緊閉芳酒盈樽懶作無聊醉　觸新愁懷遠思翹首長空問月幾時至變幻風雲因甚事數遍殘更倍覺淒清地

滿江紅

寄揚州琳姊

欲訊芳蹤，又勾起閑愁萬縷，儘拋入淒涼岑寂暮雲春樹鎮日并肩猶恨遠三年分袂因何故更飄然一棹出揚州隨春去 獨自箇甚愁緒奈無計尋伊處聽梁間雙燕呢喃互語似道故人歸也未倍添惆悵難成句倩青禽試問海棠開何時聚

蘇幕遮

二妹新賦悼亡作此寄之

病迷離心恐悸入骨相思喜得雙魚至尺幅花箋難盡意

料得臨封也是頻揮淚　別多年長兩地萬語千言欲寫
無從起石爛海枯今已矣願取他生永作兄和弟

寰城路

辛丑七夕

庭前絡緯啼秋住又到雙星歡聚玉漏無聲金風暗動正
好鵲橋引渡深情萬古能久久如初何須朝暮應笑人間
傷離惜別痴兒女　金爐燒盡香炷對銀漢沉沉碧天將
曙流火窺人孤燈照影別有淒涼難賦凭闌凝竚嘆良宵
不寐豈因獨處仰問天孫可知儂痛苦

虞美人

長夏如年偶拈花草數事藉遣幽懷

荷花

凌波長伴鴛央侶耐盡心心苦亭亭玉立自風流豈畏炎威烈日一低頭　臨池小立微風裡往事閑提起怪他人面比紅妝怎及出塵標格氣芬芳

羅敷媚

蘭花

屏邊綠夢初醒候閒自思尋後雅幽淡襟孤介生成具素心相看默默無言語欲撫瑤琴轉又沉吟懶作離騷腸斷音

醉思凡

茉莉

冰姿欲仙玉兒態妍配伊素手纖纖拈金絲細穿　纔涼暮天晚妝鏡前記曾軟語凭肩嗅清香鬢邊

蝶戀花

萱花

一片夕陽斜照裡滿浣桐陰檻外苔封砌賴有此花開未已願同人壽長如此　意懶身慵無意思小砑雲箋閒寫忘憂字人自簪花花自貴比蘭畢竟非同氣

大江東去

甥女綺華失怙來依一年其父携去竟不能留

賦此贈别

相依曾幾歎光陰眞比白駒過隙此别豈同輕聚散我又年來多疾遍地烽煙蔽天雲幛後會知何日從今酒醒又添一段淒惻　亦解萍跡升沉浮生常事可奈心非石何况親知如母女留住自慚無力弟妹嬌痴汝身柔弱堂上歡休失叮嚀不盡黯然一句難出

前調

疊前韻寄綺華甥女

幽齋寒寂賸斜陽野馬飛縈窗隙天畔征鴻悲唳過人正

懨懨臥疾藥味鑪煙醫經脈案度晝如年日消磨瓜性蒼蒼因凭悲惻 回記豪氣凌雲有時酒後拔劍披堅石近者身輕休比燕那有絲兒微力攬鏡驚嗟韶光逝水故我形全失寄醫小友相逢難認儂出

浪淘沙

寄荇姊

窗外曉鶯啼欲起遲遲昨宵有夢在閨時獨自低徊重記憶說與誰知 莫道暫分離怎禁相思懶拈針線懶吟詩一院海棠齊落盡雨又絲絲

前調

再寄芀姊

昨夜雁曾啼休再遲遲酴醾直到海棠時多少新愁和別恨待訴君知　轉瞬半年離夢想眠思遣懷無計祇吟詩弱質經秋重又病心亂如絲

滿江紅

京口晚泊

今我重來祇一片夕陽而已有多少樓船戰艦曾經駐此歷代興亡如夢幻南朝名勝餘流水再休言鎖鑰障金陵終何濟　帆影歇炊烟起舟泊處鄉音異偶推窗縱目幾揮痛淚遙望瓜洲燈火暗是儂泣別牽衣地儘低徊提筆

不成文魂消矣

清平樂

江行遣懷

輕搖柔櫓雲水迷濛處何日行程方可任獨倚船窗細數在家人比鷗閑此時轉羨孤山萬古長江靜坐風來浪去無闕

生查子

歸舟感作

離愁萬斛多雙槳搖難動天也解憐人不忍順風送　淚如江水流恨比山峯壅竟夕懶歸眠怕作江南夢

夜行船

舟行丹徒水淺灣多一行一頓詠本意

昏暗不知南北路俟潮來支撑前去水淺灣環舟多擁擠似我迴腸愁聚　滿耳紛紜村俗語整衣坐自和自詠旅館淒涼船窗恐駭歷盡長途辛苦

浪淘沙

雪窗作示素冰女士

積雪襯梅紅　喜與君逢窗前吟賞酒盈鍾促膝圍爐追往事轉笑孤鴻　益友得聞中兩意深同三盃薄醉上眉峰謝天陰留客住不放飛瓊

撫俗念

小峯二弟來揚葬親余適旋里僑居卅年馳憶

一旦相逢詞記其感

怱怱聚首仍然是勞燕分飛去矣彼此長成方識面執手恍疑夢裡念杕神傷思視腸斷欲語無從起君能自立不禁含悲且喜　自恨血性生成況關手足花蕚原無幾流水浮雲經一別骨肉流離五地（大兄北京二妹湘南槐妹皖南二弟久客東歐余一）紈攜居獨滯山河萬斯世界此後更馳憶萬金竹報叮嚀慰我頻寄

一縷金

長日懨懨無意緒正喜迎春又送人歸去佳節中元愁裡度倚欄獨立相攜處　欲拂雲箋旋又住縱有詩詞也少新奇句寂寞襟懷情萬縷細拈紅豆顆顆數

滴滴金

三侄女遠嫁陶氏道經揚州作此惜别

沿堤空種垂楊樹怎不綰雙雙住逸少風流元亮品勝秦娥簫侶　憐兒嬌小新爲婦一飲離觴何日聚萬語千言斷未完倩青禽再訴

金縷曲

寄三侄女

記得分離際，當酒畔轉催速去，恐垂涕淚。那日重逢真潦草，從此音塵千里，盼後會，談何容易。料爾執笄供婦職，性温良應得翁姑喜，聰慧處，勝諸妹。　幼年粗涉書和史，而綠窗倚聲覓韻，依依問字。深幸閨中得小阮，添我幽情逸思，試回首恍如夢裡。爲語趁庭如有暇，筆簪花珍重需頻寄，務念我，長相憶。

水調歌頭

和靖盦送女至申學手工韻示二女時亦至申學手工也

難免依依意，親自送登舟。只過揚子江耳，毋用動離愁。莫怨孤身作客千里古人負笈不殫遠尋求學費非輕易學業要勤脩　緊切記奮志去勿回頭冀能自立何用受制嫁公侯況我支那男子多半病夫奴性誤配實冤尤願汝時勉力勿作陌桑游

浣淡紗

舟游平山女伴索詞得平仄二闋

放槳隨風過柳堤水禽聲裡舵輕移同舟仙侶促題詞紅藥未開春正好萬松葱翠柳垂絲誰家歌吹繫人思

前調

携手共尋山徑去青萍曲折逝雲樹遥望江南吟賞處

何郎小極成千古僅得詩成無妙句轉覺興亡征戍苦

定風波

翠竹修修映碧窗夢餘倦倚小匡牀幾箭素心相對坐無那深幽庭院足清涼　自覺心空如水月明潔何曾却暑有奇方多感蟬聲相警醒安命前塵後事不思量

虞美人

和大姪蟋蟀韻兩闋

閒階籬落相和至一等秋滋味抱琴正苦少知音切切淒淒月底伴孤吟　自嗟兩鬢今如許那更還聞汝含悲含怨為何人引我塵心久淨又愴神

前調

月明獨自中庭步，恍似人私語。淒涼百種，萬千愁長夜漫漫訴到幾時休。　近來事事無佳思，灰盡華年志。驚秋回溯買平章宋室偏安，半送半閑堂。

金縷曲

綺華甥女來函索手擷花繡并詢近狀覆此長調附以小影

正苦無聊賴儘淒涼彩雲冉冉飛來天外語字纏綿殷問候此意千金難買轉添我幾多感慨折柳河橋贈別至於今屈指過三載知後會何時再　致簪妝閣空承受自

病起綺懷慵盡柔腸全改綉線金針抛棄久何況手描花彩衹贏得愁魔無奈爲謝深情仍似昔寄一紙小影聊休怪看是否舊姿態

前調

自題抛書嘯子小影寄示水月女士

悶對庭花坐鎮日間離愁別緒雙眉深鎖自顧遍身渾是病扁鵲無方醫可更莫問舊時工課抛却詩書還補了將一腔豪氣全消挫歡樂事沒些箇　淚和筆墨依幾續縱有了殘詩斷句共誰酬和料得同心同此境時向夢魂尋過歎夢裡偎依長左憔悴容顏何足惜慰離懷密密捫封

襄相見際如眞我

水調歌頭

友人送外子素娥特備小酌侑以長調

酒畔醒而起侑以此長歌莫負友情家釀不醉不能休已去渾如夢幻未至何勞着想世事等雲浮磊落丈夫子豈作楚中囚　由皖豫趨襄漢抵揚州津梁長此疲敝輾轉一圜週喜得消閒暢飲看取素娥無語應也羨人不誹說黃金盡明日典貂裘

玉樓春

謝惠外素娥者

鉛華洗盡饒幽秀一種晚香名世久翩躚鬢老亦姿瀟洒不沾塵只合嬋娟青女友　貞心傲骨能持守雨冷風寒偏耐受多情相贈解煩憂愧少瓊瑤酬玉玖

減字木蘭花

青空咄咄雨歸登穿恨明月一片光溶故逞團圞欺箇儂重門深鎖坐臥閑吟無是可脈脈依依萬種閒情付小

詞

滿江紅

自題停琴拔劍小影

一表英風只應是繪圖麟閣却緣何釵環巾幗潛藏繡幕

抱負未能伸志向遭逢大半多轗軻激昂時能調乘宮商磨千莫　長嘯處天驚愕生鐵鑄今生錯恨無知執法欺人太惡說甚德從惟順守更多儀禮加拘縛偏登壇演說我同儕齊聽諄

卜算子

病久愈生愁愁重還添病自印金爐篆字香深意私衷傾淚比杜鵑紅懷抱緇難冷舞亂如絲懶自梳愛好心猶懺諾

浣溪沙

閒撫瑤琴遣夜長空房人靜月窺窗珠簾微冷撥韻鏗鏘

古調不求時俗賞把心自負俠心腸知音祗有一爐香

子夜

苦雨二闋

長空細雨濛濛洒閉關悶坐和誰話不說不能休說時更悵愁　情懷何日照懊惱天難好人笑杞人愚儂嗟同調無

前調

陰陰更比殘冬冷幽懷觸動傷春病製得踏青鞋幾時能出來　封姨尤肆虐吹得庭梅落倚枕日懨懨放晴私祝天

減蘭

喜晴

簷前鵲噪驚醒醉眠還自笑料峭寒輕深謝東皇肯作晴

重幃捲起多日紅欄慵不倚翹首長天整備明朝放紙鳶

西江月

袖手山廊閒步自記年前詩句金爐香燼懶重添好箇無聊情緒庭外殘梅全落幾箭紅蘭初吐春來懷抱不曾開惱盡風風雨雨

菩薩蠻

李夢蘐女士生辰因雨未去戲示二詞

良辰偏遇陰陰雨縱悶莫動無愁緒珍重飲雙盃那人即日回　玉容花遜好姑婦傾城少斑彩侍慈親低頭弄幼孫

前調

封姨故意將人戲多情不許孫拋醉吟賞再相逢罰君金谷同　饞涎惹笑我思食長生果爲閨女青蓮今朝得幾篇

虞美人

得二女申江來信

一封書到千重喜反覆重頭覩可憐嬌小賦孤游料得痴兒不敢訴離愁　苦言只問平安不珍重慈母生成諸女孝於吾引我奇酸透鼻幾欷歔

河滿子

鏡裏鬢雲半白壯懷耿耿難休懷抱無窮牢落感生來恥作依劉知己談何容易同心更莫輕求　亦解封侯無分偏教志羨兜牟我欲乘槎天上去凌雲探極尋幽按膝悵惶四顧前塵後事悠悠

水調歌頭

壯外行

明日即分袂不作別離悲耿耿心兩片詰月收許君知今世雷陳有幾所重毋非酒肉道義棄如遺凡事貴振作莫望人提攜　我與子同命鳥兩心期影形違隔夢魂時刻總相隨但祝鵬飛直上萬里雲程無礙貝時必非遲魚雁長來去家室勿馳思

湘月

題眞州汪小藕先生令堂卞夏兩太夫人寒燈課讀圖

燭啼月冷和熊丸強忍幾多清淚歎爾未曾瞻父而便判人天生則螢案潛心鵬程努力願取承先志師京兆母囊

砧泉下應慰　窗外颯颯西風蘭膏無焰相對蕭減寐他日瀧崗阡樹碣需表二親勞瘁茹苦含酸柔魂消盡永叔名成矣欣然一笑追隨鸞鶴天際

風敲竹

題眞州汪小蘋先生春輝寸草圖

烏兔奔難任一轉瞬秋光蕭颯春輝過去回首兒時依膝下宛轉那離跬步偶小別牽衣嬌啼痛煞歸眞雙鶴卽仙山腸斷親何處抱此恨終千古　從茲廢誦伊蕭何聽樓鴉啞啞長夜尚知反哺罔極劬勞兼苦節又過干戈兵苦備兵燹得顯揚稍償悽楚我亦傷心成永感負慈恩深

重空生女展斯圖淚如注

蝶戀花

畫梅花贈蔣毓秀女士別

玉骨冰姿無俗思林下風流久仰芳名字調鉛草草聊將意願教花月長如此　疏懶自知爲世棄深感多情稱許爲同志閒說歸帆行去矣離愁萬斛紛然起

浪淘沙

癸丑春暮滬上作

春色已闌珊處處無聊此來舉目少心交掩耳懶聞家國事不禁魂消　江水怨滔滔無定風潮笑他過客爲誰勞

我自欲歌歌不得恐怒龍蛟

前調

一抹淡斜陽暮色蒼茫寂寥人見更淒涼多少興亡牢落感齊付滄浪　遙望莽長江何處吾鄉阿誰肯識舊行藏明日挂帆歸去也耕種麻桑

風蝶介

獨坐知更永倚闌怯夜寒西樓明月又團圞惆悵此回書信恁般難　聯步形如雁同心氣似蘭分飛不覺十年間怎不相思相憶淚頻彈

河傳

惆悵凝望路三千音訊無人可傳亞闌曲廊宵更寒垂簾
綠窗香暗穿　寶鴨爐邊和悶坐淸淚墮誰念悽涼我憶
前遊江水流難留斷鴻沉又浮

唐多令

禮華居士來詞羨居揚州之好步其原韻召之

悵望燕雲邊伊人雅可憐料英姿公瑾當年詩意淸新詞
秀逸似柳在曉風前　壯志淡如煙情懷軟若綿一行行
寫入吟箋倘變鶯花十里路來醉賞好春天

揚州埂子街作新社排印

劉鑑撰

分緑窗集

民國三年（一九一四）鉛印本

提要

劉鑑《分緑窗詞鈔》

《分緑窗詞鈔》一卷，劉鑑撰，詞附《分緑窗集》刊行。《分緑窗集》五卷，民國三年（一九一四）長沙友善書局鉛印本。國家圖書館、北京大學圖書館有藏本。《分緑窗集》中，詩三卷、詞一卷、賦一卷。前三卷是《分緑窗詩鈔》，扉頁印有「分緑窗詩鈔」，並有「湘陰左念貽謹題」字樣。内頁有「民國三年夏五刊於長沙」「長沙南陽街友善書局代印」字樣。並有宣統三年瞿鴻禨和民國三年湯南壽楣、甲寅程瓊等三人叙。集前還附有趙啓霖和曾廣鑄題辭。第四卷爲《分緑窗詞鈔》，前有「分緑窗詞鈔」「湘陰左念貽謹題」字樣，並有「民國三年夏五刊於長沙」字樣。第五卷爲《分緑窗賦鈔》，集前有「湘陰左念貽謹題」「民國三年夏五刊於長沙」等字樣。此外，武漢大學圖書館藏有《分緑窗詩鈔》三卷和《分緑窗詞鈔》（不分卷，附《分緑窗賦鈔》），上海圖書館藏有《分緑窗詩鈔》三卷本，皆爲民國三年（一九一四）長沙友善書局鉛印本。

劉鑑（一八五二—一九三〇），字惠叔。其出身名門，内外兩家極貴顯，同治八年（一八六九）歸曾紀官。曾氏爲湖南望族，曾紀官爲曾國藩侄，曾國荃次子，咸豐二年（一八五二）正月初四生，字劍農，號郯卿，曾任廣東司行走等職。一八八二年，曾紀官歿，其時劉鑑年僅三十歲。劉鑑詩詞文俱擅，著有《分緑窗集》《曾氏女訓》《集字避複》等。劉鑑作品内容均較爲單一，但貴在少有濃重的愁苦之音，更多地呈現出和平樂易，沖夷澹雅，詩詞亦然。

分綠窗詩鈔

湘陰左念貽謹題

民國三年夏
五刊於長沙

長沙南陽街友善書局代印

叙

余往從曾重伯太史得讀其母郭太夫人藝芳館詩格醇而氣健已爲海内讚服頃復出示分緑窗詩集則其從母劉太夫人所作而菱生觀察之母也集凡四卷冲夷澹雅穆然以清盈歎二夫人詩才絕高畧無閨壼之態雖意境各有不同而其鍾於天賦鎔以學力涵而鬻之以成孤詣一也二夫人俱出名門内外兩家極貴顯以恒情測之多習於華盛而尠文學或有其文矣而懿德無聞乃二夫人獨能兼之爲才女爲淑婦又爲賢母藻采彬郁而端操有蹤鄉黨稱其禮法自非嚅擠世澤

孰能當此而無忝者乎近世每謂中國女學不興非萃之校舍以競進文明則不可得而強然余觀書傳所載上自王宮后妃莫不聽内職以修陰教其在下之女子亦皆婉娩從姆訓於麻枲絲繭織紝組紃以及酒漿菹醢之事禮相助奠之文蓋無所不習而才之足以爲師爲史者往往出於其間在昔賢媛如班昭徐淑左芬謝道韞之倫文辭美贍令淑彰聞者傳之簡册代有其人更僕不能終也即二夫人之才之德與古頡頏豈復多讓安見中國之無女學哉盍亦反其本矣余誦斯集輙發所見以質重伯蔆生昆仲綴諸卷端而歸之

宣統三年歲在重光大淵獻月在閼逢涒灘日在昭陽

赤奮若善化瞿鴻機

叙

前清咸同光之際湘鄉曾氏以文章功烈奮發爲天下雄不獨文正忠襄惠敏歇歷中外聲施爛然即閨門以內亦復焕乎有文深明大略若歐菴先生母郭太夫人霖森先生母劉太夫人其尤著者曩湘潭王壬秋先生叙郭太夫人詩謂曾氏一門彪炳實得婚姻之助以予所知郭太夫人出吾蘄郭氏而劉太夫人之尊人曾令於蘄亦備聆襲黄政績其締婚於曾適與郭太夫人爲同堂妯娌行閨閣唱酬互相師友然則二母之典範曾氏當以吾蘄爲星宿吾蘄人與有光榮焉分綠窗詩集

者劉太夫人所撰其屬辭也貴姸其造意也尚雅諷誦
匝月豁然知曾氏家門之盛之有自來而湘綺所謂婚
姻之助者爲不誣也予少孤露志學日淺長更亂離夫
子仗節戮力奔走南北予隨侍轉徙亦不常厥居問學
爲詩恒多愁苦語今隨節居長沙獲讀太夫人此集和
平樂易心目爲之開朗語曰君子坦蕩蕩禮云溫柔敦
厚詩教也不其然乎不其然乎
中華民國三年甲寅春二月蘄水湯南壽楣敘於長沙
督署

敘

光緒乙巳春予應李伯璋夫人聘爲長沙淑慎女塾分校因識曾惠叔太夫人爲長沙劉文恪公孫而太傅忠襄公之介婦霖森觀察之節母也伯璋爲曾愍烈公孫於太夫人爲從姪行時語余以太夫人懿德劬學法式九閨在貴而不忘其勤工文而不流於靡余心儀有日既得親炙言論矩矱益知太夫人家學家法之有自來非復尋常閨閣之矜尚文辭邅回韶序者可同日語也今年春太夫人方編錄所爲分綠窗集余受而讀之其爲詩若詞閎軼樸茂淵雅澹定精切穩鍊無體不工其

爲古賦出入騷雅下逮漢魏六朝英爍維醇氣疏以達他若家訓集字等書則胥爲載道之文以上都如干卷裒然大觀華實並茂傳作也夫文章之道自歐風東漸以來或區爲國粹而競言保存或薄爲無用不急而陰思破壞莘莘儒林芸芸世會其觀念不過若此不謂有傑者起於韓翟卓然爲文章之範教育之式此雖求之弁冕亦所僅見邉論之於笄珈乎信乎華宗女哀道與藝賅極古今文行之備者已甲寅歲閏五月貞林女史程瓊謹叙

題辭

眼底山河感六珈詞源浩瀚欲無涯百年文獻餘形史一代宗風屬絳紗喬木低徊非故國瓣香流播此名家貞元掌故憑誰記尙有人間宋若華

集中各體皆贍逸溫雅佳句如暮春雜感云冰蠶老去絲猶在梁燕重棲夢已非釵影臨窗欹玉燕篆煙如水冷金猊新愁別苑悲花落舊憾離亭悵鳥啼和菊生再姪云武昌春到江魚美衡嶽霜淸旅雁征與重伯姪話江寗近事云名心早爲迍邅減勝地回憐少小過置之吳宮詹集中殆莫能辨

又如乙未元日云窮年枉自搜千卷投老猶難熟兩京型家久屛呼盧戲剪綵初逢獻雀嘉水仙花云道骨消除塵外滓仙心解識靜中禪和人落葉云翹首孤松拂雲表後雕堅礪歲寒心想見劬學崇德孜孜不已

又如聞都中拳匪肇事云鄰封久已耽雄視左道何堪與國謀癸丑新正初離病榻云文章品物窮天演金鐵泥沙竭地儲孤抱遠識時見一斑洵巾幗中詞宗矣

閼逢攝提格歲閏五月上澣湘潭趙啟霖芷蓀

題辭 用集中秋柳詩原韻

浣花胎骨謫仙魂今在簪纓閥閱門相國家聲原有種方家詩筆總無痕高吟太夫人爲長沙劉文恪公女孫故其詩之縝密沖澹皆家學也艷奪青霞錦好句裁成黃葉村集中白門秋柳詩有暮笛聲傳黃葉村之句林下清風班姑草曹墻賈壘不須論

在躬羸疾幾星霜萬卷書仍盛葛塘摛管晝吟新白紵課兒夜理舊青箱霖森宗兄幼秉慈訓力學篤行名聲推重一時植成寶樹人同謝籠得碧紗句擬王竹葆松幢饒勁節他年崇拜表貞坊

綠窗吟罷著斑衣頤壽堂前色笑非太夫人八旬有母爲建頤壽堂迎養其中

五字靈心身世感，（以娛暮景母卒後始返舊居）一生福慧古今稀論才總是探驪手不櫛安能破壁飛女訓鐫成詩又梓高年心緒未相違

若蘭錦字未堪憐又見毫揮紙上烟剛健句中含婀娜清新詞裏雜芊綿詩成頌菊銘椒日天祚含飴點頷年我有萱闈節更苦祇今回首白雲邊（先慈守節三十餘年茹苦含辛未發享一日清閒之福以視太夫人之冰霜植操福慧雙修相去何啻霄壤）

宗姪道縣曾廣鑄拜題

分綠窗詩鈔一

長沙劉　鑑惠叔

春草　丁卯

舊歲燒痕取次蘇春歸一度一榮枯送君南浦情深淺
得句西堂夢有無楚客離騷怨蘭芷故人織素感蘼蕪
青青河畔憑誰管留與東風作畫圖
一抹斜陽暈軟紅踏花歸去望無窮𦻏生洲畔愁如織
仲尉門前路未通懷夢渺茫長樂殿採香岑寂館娃宮
年年三月春風裏銷盡離魂滯客驄

讀岳武穆傳

十二金牌電火馳黄龍未飲竟旋師朱仙鎮上同聲淚五國城中沒齒羈三字埋寃終古憾一言叩馬小朝危湯陰廟貌垂模遠趙氏何曾有寸基

雨後集王氏園聽主人鼓琴

微雨灑然過萬木青如潙俯對荷池清跳珠掬盈把仰覗颷風馳浮雲逐奔馬幽賞不須臾華月耀簷瓦遭際賢主人高風具林下畫得米家神詩紹謝庭雅餘技託絲竹運指得亞疋招邀值良夜開筵泛瓊斝賓醉主更豪解琴奏吟社一彈神爲凝再鼓心爲寫五曲及三終審調不虚假愧我俗且魯撫絃若喑啞得趣毋勞音解

嘲亦聊且不愁彈者勞所惜和者寡流水與高山請問知音者

題仕女圖

不遣鴟夷逐浪浮吳宮花草自千秋捧心已是香心碎那得重湖再泛舟捧心

楚歌聲裏霸圖空垓下長留淚草紅英布負恩卿效死差強人意慰重瞳泣劍

邦交爲重美人輕一曲琵琶竟遠行漢法長遵邊患息畫圖省識佩忠貞和戎

漢月羌雲兩鬢思老瞞多事贖蛾眉胡笳聲裏雙雛泣

歸國何如去國悲　歸漢

仲謀空自負英雄有妹紅顏泣斷篷太息梟磯祠畔月

長年獨照永安宮　崇祠

值得明珠換艷妝貞心俠骨邁尋常君前莫挽留仙帶

一墜高樓姓字香　墜粉

紈扇驚秋損玉肌斛珠空遺慰幽思紅塵一騎飛馳慣

不進梅花進荔枝　卻珠

小玉傳言鶴夢殘昇仙容易懺情難釵鈿下寄塵寰去

博得三郎帶淚看　分鈿

題漢宮春曉圖

捧帚宫人翠扇開綠雲紅粉艷妝臺瑶階芳草都如織
何處曾經玉輦來
陳后失恩嗟買賦明妃去國悔圖容漢宫枉貯傾城色
惟恃黄金主塞通

分字偶成

海浪催琴弄鷩絃譜欲删五雲最深處囊筆訪名山壺
天何處覔日月自閑閑玄鶴歸來否松風欲叩關月輪
猶在天人影忽當戶霓羽翩然來邀我蟾宫住

題玉溪生集

鈎連黨事恨如何造化憎才際遇苛白老庸資慚似續

杜公眞髓快研磨吹簫早有仙緣在擇木尤推卓見多
後輩西昆師獺祭行行綺語意應訛

寄懷陳玉如錦如女史玉錦姊妹江甯人侍宦來湘居余宅之東昕夕過從頗稱投契客冬丁外艱奉母率弟妹回白下舊居開其東閣坐其西牀不勝馳系賦此代柬

閣雨輕陰二月天却因離思負花前春風燕子歸來晚
粉絮飄零劇可憐
尺書經歲阻雙鱗析袂庭前草又新可惜中天好明月
偏教兩地照離人
梅湖春色又今年剩有新吟麗錦箋相對南枝轉悵觸
愛花姸更憶人姸

蒲觴香裏送征車轉瞬西風鵲駕徂一樣鍼樓排巧榼
蛛絲獨驗意躊躇

重九風高鴈陣橫五絃閒理調凄清螯鮮酒冽都無興
多恐黃花瘦似卿

雪滿閒堦掩繡簾不堪重擬謝庭鹽新圖九九無心染
憔悴紅芳冷玉纖

南朝金粉最銷魂楊柳春風白下門此日勞勞亭畔倚
攀條應亦暈愁痕

齊肩若憲誠閨彥學步阿連亦聖童歌詠餘閒須記取
好傳佳什入郵筒

次姪融齋率眷赴皖賦此壯行

風雨蕭然令序前離觴空負菊花天送行客至詩驚俗寫韻人偕質擬仙二阮獨矜青眼異五常交譽白眉賢莫嗟聽鼓應官早好繼家聲奮祖鞭

王雲蓀都轉赴筑助勦苗匪賦詩留別湘中諸戚友嫂氏命和四章勗之 雲蓀爲嫂之胞姪

匣劍囊琴一葉輕居然投筆事長征唐蒙破敵前徽在宗慤乘風巨浪驚偉畧先誇瀘水捷雄符又壯貴陽行南夷自此開荒服犵鳥蠻花到處迎

大帥徵兵羽檄傳雙旌遙指陣雲邊祖生奮勉聞鷄日

陸子縱橫入洛年有濟世才須治世具參天手應回天一飛奮展冲霄翼佇聽金鐃奏凱旋

江左風流舊說王一門羣從邁尋常圖傳看劍空塵海雲孫有引盃看劍圖集製餐花艷客裝雲孫著餐花館多事集作楫爲霖期已久建牙列戟願終償從今制勝牂牁道好抑詩魔愼酒狂

躍躍龍泉嘯寶鐔指揮如意快文襟名家騏驥騰驤遠儒將韜鈐韞抱深線濕征衣遊子淚車驅折版藎臣心平原他日爭絲繡願助閨中乞巧鍼

長至日和保吾再姪重九寄詩原韵

饑驅念汝客天涯幾度飛灰動管葭高調誰堪酬白雪
令時今已負黄花懷才莫展胸中甲有筆應開夢裏花
廣厦千間寒士願得歡顔處即爲家

雪花

是否東皇運化工瓊雕玉鏤白玲瓏香探梅訊春初釀
夢入梨雲路未通梁苑賦成鷗失素謝庭吟罷絮因風
維摩天女禪心徹妙諦微參一笑中

讀史

風簷寸晷餘一編自披讀治亂及興衰歷歷如在目天
靈御世來雙丸競奔逐唐虞始揖讓湯武繼誅戮甯聞

問周鼎旋已失秦鹿漢魏迄晉唐百世曾幾囑滄桑迭

遷變人心枉蠻觸至哉巢許流洗耳不容瀆我亦感中

懷掩卷神忽忽

賞雪遲小香姪女未歸

北風怒以號盈堦朔雪厚閒坐眄凝矐遣寒藉樽酒時

還手一編娛玩風簷右古人不我誑點畫清可數卒居

鮮儔侶疑義誰與剖還坐馳寸衷遲我竹林友妝閣信

非遙工夫勞井臼魚還客不至無聊獨搔首恰有凌霜

梅槎枒橫我牖

臥病兼旬賦此遣興 戊辰

苦雨連綿誤好春如眉新柳自含顰悄寒庭院窗紗寂
祗有鸚兒欲喚人
孱紅瘦綠燦庭堦節近重三物候佳檢點巾箱轉惆悵
鳳頭閒却踏青鞋
藥爐烟重下簾旌畫譜棋奩漫遣情羨煞隔牆人意好
鞦韆鈴索一聲聲

暮春懷小香姪女

竟日鵑聲喚綠楊一年好景遽怱忙十重簾押籠飛絮
半角牆陰潛夕陽薄暖輕寒悽客夢離痕病緒減春妝
西窗不斷宵來雨剪燭新增別夜長

彭石菴表伯之永平廣文任道經長沙出畫蘭手卷索題賦此以應

識得幽蘭冠衆芳莫將小草費商量從今省識東風便贏得當王號國香

題彭春城植棠二先生行樂圖

棠棣花前笑貌親尊彝圖史絶纖塵一枰坐對文窗靜遮莫春風暖到人

題西子浣紗圖

灔灔清流潔素紗柔荑玉映腕釧斜姑蘇一去風光改長對横塘憶若耶

一種輕顰淺笑姿披圖異代亦神馳亡吳覇越男兒事
豈獨譏評弱女兒

古栢歎

堦前有古栢爇植知何年盤坳麗白日槎卉參青天暑
可藉其蔭長夏忘朱炎寒可炊其枝煑酒聯新編一旦
生意盡婆娑誰爲憐從繩運斧斤造就資庭班平鱗復
削甲丁丁晨夕間雛鳳將何集唳鶴增回旋榮枯固常
理人意終難堪作此伐栢歎亦哀種樹先柏兮毋自傷
取材或無偏幸則作梁棟否亦爲桁椽尤勝樗櫟資大
地空蔓延

題松香崑女史爲張壽庭師所繪梅花圖

松崑詩畫重當時灑翰尤工第一枝持贈孤山林處士一般格調最相宜

掃花

纔是催花又掃花花如人面感天涯平明帚讓蓬頭奉憶昔簪宜綠鬢斜茵溷兩般瞻際遇旃檀一笑悟繁華莫隨流水悤悤去籠入輕裾覆臂紗

題李白春夜宴桃李園圖

依然桃李逐春開百代光陰轉瞬纔一卷猶存幽賞致千秋如見謫仙才沉香亭畔名花詠採石樓頭問月杯

折佞籌邊多少事却教詩酒掩長材

古鏡

寶鏡失銘誌莫别漢與秦虬蟠復龍護表裏無纖塵春冰結淸冷秋月涵虛靈屢照不知疲勤磨易生明或爲鬚眉契或爲閨閣珍衣冠肅以正物象顯以呈妍媸有定鑒善惡無藏形長日澹相對良爲座右箴

銷夏偶成

窈窕文窗面畫堂碧筒露淨藕花香臨流一卷銷閒坐不用招涼自在涼

芭蕉綠映小亭隈不斷鳴蜩送響來却喜輕雲能釀雨

盡驅殘暑散蚊雷

雨後口占

一雨驅煩暑修桐自在青涼風忽穿樹微火下流螢
松陰石磴涼竹外茶烟潤一綫斷虹明飄風走雲陣

秋江曲

蓮房老盡青青子秋菱紅透秋江渚朵菱朵蓮多麗女
一般嬈好誇眉嫵菱角刺多蓮實苦盈盈一水嬌無語

七夕與小香姪女分韻

繡剪初停夕照殘蛛絲結網費尋看七襄機上重重錦
可惜金梭一借難

穿罷鍼絲月未殘金盆花樣互傳看玉壺十二空羅列底事麻姑一降難

別離容易曉風殘雲錦年年掩恨看十萬天錢償未得神仙亦覺點金難

夜靜風凉酒意殘徘徊猶倚繡簾看天船橫漢橋塡鵲不信經年一會難

九日偕諸姪登高寄次姪江右

傑閣崢嶸逈百尋天空一覽快登臨風迎暖日還留帽序近新霜不斷碪故里茱萸佳節感他鄉鱸膾宦遊心何當舊釀黃封酒楚尾吳頭各自斟

天暮高寒氣泬寥山重水複寄情遙客歸衡宇知何日柳折離亭憶昨朝屈賈祠荒鈴語斷朱張渡遠浪花搖神風不送西江棹落月停雲意興銷

鴻來燕去幾何時又見霜柯改舊枝八景風光勞想像九疑靈蹟費尋思耕經祇博題糕窘送酒偏羈就菊期千古豪吟杜工部儘拋心血染愁絲

閑中撫序興悠悠鷁渚迢遙感舊遊伏帳講經神獨往媧天補石恨終留孤衷莫訴瑤天月尺素聊傳玉宇秋寄語阿咸好珍重北堂有老盼歸舟

除夕祭詩

祖序忽已改撫躬自悵觸年增業未進居恆空粟鹿祭詩當令辰忝顏紹芳躅有茗熟龍團有酒泛蛾綠唐花復漢洗精雅遠塵俗何必擲金聲何必咳珠玉巴里與方家一樣勞心曲以此勵余懷拂案呈篇牘領此茶味清挹此花氣馥明朝春色新椒頌更重續

牡丹 己巳

春至人間錦作圍姚黃魏紫共芳菲水晶簾下妝羞艷
羣玉山頭質共輝彼美一痕留月暈詞人三賦想雲衣
薄羅新試嬌無那夢到臨芳思欲飛

殘蝶

斜撲疎簾颭晚風舞衣狼籍落花紅添他幾日深閨事

繡不成紋畫未工

買竹戲作

到此終須問主人買鄰百萬不辭貧冰甌茶竈都安置

添箇樵青更絕倫

春柳

長條裊裊繫春愁多少深閨怕倚樓那識東風無限好

安排青眼送歸舟

烏啼曲

烏夜啼烏夜啼啼聲激越悽以悲淸礁息響刁斗歇若

往若還音調咽北堂萱兮憂未忘聞聲不禁摧柔腸起曳重衾扶病枕藥爐熖薄燈餘燼有筆在手墨在池烏棲待譜增猶疑我亦弱齡搆奇兀蔭失靈椿嗟罔極棣棠花發風雨殘萊衣五色憐單寒無方可使慈顏駐不及仁禽知反哺人生際遇有險夷靈犀一點無參差阿瞞且作南飛感義府還求全樹棲況我庸流處閨閤那得忘情制哀樂烏兮烏兮聲或停幸勿終夜傷予心

松濤

森森翠蓋鬱青葱氣挾奔雷到耳雄鶴伴梳翎翻夜月龍看舒甲戰秋風巖前瀑布驚飛緑枝外斜陽欲洗紅

應爲木仙饒逸致天簫一曲調同工

乞巧歌寄陳玉如錦如

洗車雨過秋風涼飛螢流影明虚廊鍼樓四敞宵未半有人撫序增徜徉徜徉待驗蜘蛛榼皓旰難窺烏鵲梁嗟同調兮遠天末北固南淮山水長長途莫展晨風翮筵上金梭憐獨得青鳥何曾降玉眞落月猶疑照顔色去年室邇近芝蘭今年室遠思華鬘想像中庭設瓜果也應翠袖凴欄杆欄杆十二凴將遍初三下九時相念聞道閨中大小喬已偕天上神仙眷蠙嬰浮水面清池様學新蟾澹掃眉香蘭醉草有餘墨願言舊契入新詞

新詞寄我湘江曲浣薇定作百回讀從教秋雨隔巴山慰情勝剪西窻燭

重九日寄吳氏姪婦

三年別調感陽關釃酒臨風淚欲潸澤國陰多寒料峭霜林瘦盡石孱顏滕王閣遠神空往陶令園荒客未還稍喜題糕有餘興奚囊留稿待君刪幾日霜華釀菊籬扇紈衣絮又分携蛩吟古壁聲如訴燕別雕梁語若遲那有殊思賡杜律儘餘孤憤弔湘纍想君熟領蓴鱸味定對秋風感令時

秋夜

天風颯然至虛閣生微涼寒蛩與絡緯竟夕聲悠揚坐久羅袂薄下帷留夕香願得五絃琴一揮更漏長

題瀛樵耕牧圖

知是詩仙是酒仙酒瓢斜挂釣船邊疏罾密網縱橫曬兩岸蘆花澹若煙 漁

落葉橫肩夕照紅雲迷古徑路難通賣薪莫笑柯將爛曾看仙山一局終 樵

臥犢前畦烟水微團焦影裏認柴扉雙鋤負背歸途晚一抹明霞鴉亂飛 耕

短笛橫吹眼界遙深山一覺任昏朝怪他挂角窮經士

偏羨熏衣待早朝 牧

和王野農先生秋興

衰柳垂條掩蓽門限前風物助銷魂平蕪雁下霜初肅
遠樹烏啼夜欲昏墨試蕉陰寒料峭香薰薇露氣氤氳
驪龍縹渺珠何得空對陽春一卷存

誰遣寒蛩到耳鳴閒編莫禁感懷生相如題柱心同壯
王粲登樓賦不平漫擬歡醼均醉醒也應隨俗晦聰明
佳音待報黔陽捷雛鳳清如老鳳聲（時長公子雲孫奉檄征苗）

知水仁山養性天祥輝罨靄集星躔自矜綵舞娛萱樂
人羨詞壇選調圓有筆如椽恣揮灑無書不讀靜鎔甄

幅巾藤杖隨棲息直欲疏狂傲散仙
居諸日月駛銀虬歸馬華陽又幾秋絳灌盡看膺上賞
巢由終羨隱清流世情忌熱無防冷禪理除嗔更遠愁
吟到惱公公莫惱臨風把酒看吳鈎
禹會迢迢縮地難衡峯挺秀亦奇觀藉澆磈磥憑酣酒
莫倚衰頽倩整冠霧障些時嗟豹隱滄溟有日任鵬摶
霜前白鴈歸來否一曲平沙調獨彈先生善琴平沙落鴈一曲尤爲淸越
故園松菊未蕪荒歸去無憂計鶴糧都爲一官羈楚澤
却教廿載別淮陽樂遊坡老恒攜酒先生每出赴宴必挈家釀叱石
初平不問羊先生與人合貲販羊經人負騙銀羊盡歸烏有先生亦殊不問著作等身

嘉譽播何須經意慨滄桑

宋艷班香世鮮雙旗亭高唱望風降丹楓玉露詩摹杜碧草春波賦擬江見說天孫曾借巧何曾山鬼暗窺窗感秋情緒思鄉意索付堦前蟋蟀釭

賞心何處不襟開陶令孤松鄧尉梅高閣干雲遲月至先生家有飛虹閣最高朱櫻耀日待春催長沙惟先生宅中有櫻桃二樹荊花棣萼封胡亞玉樹瓊枝抗遜材健羨德門延世澤尊前霽色一時回

秋望寄吳小莊姪婦

一望碧無際星河澹欲收靜鐘敲遠寺飛鶴渡寒流鳩

喚前村雨猿啼古峽秋瀟南好風景獨步不成遊

題畫

鯨波如鏡遠烟微幾葉蒲帆挂落暉遮莫水雲最深處翩翩翔鷺近人飛

山外流泉白有痕兩三垂柳護柴門槿花紅透疏籬角啄粒雞雞靜不喧

玉宇清澄鴈字斜疏籬黃落感霜華有人載筆風庭曲似對幽蘭賦楚些

孤松映帶隔溪梅訪戴重勞着屐陪白板橋通何處路奚童得得抱琴來

擬古怨歌

戎馬年年事刀環歲歲期可憐閨裏月長是照相思
愁風復愁雨望斷浮梁渚化石岐路旁歸來石應語
今日喜花開明日悲花落人事亦榮枯莫怨東風惡
春草綠波時曉風殘月地金鞍騁夕陽欲繫何曾繫

題簾內美人圖

峭寒如水浸簾鉤一桁湘紋瀲欲流却恨輕風吹不起
釵聲隱約罷梳頭
漫擬微波絮語通春風深鎖繡重重文君解識琴心悞
莫遣新愁斂遠峯

別燕

華堂秋早感分攜軟語商量夕照低來日香泥巢畫棟
去時綵縷繫幽閨霜鴻偶遇愁應訴春社重逢路不迷
記取月圓花好際有人含意視雙棲

庚午元日 庚午

餘閒自浣水仙塵曉日烘窗歲又新試筆書成慚故我
介眉酒進樂天親燈輝竹馬兒童喜帚匿灰堆婢子馴
代製椒盤初未習不禁馳念遠遊人 嫂氏客臘赴皖視次子疾未歸

輓次姪融齋

弱歲辭家賦遠遊應官聽鼓幾經秋丈人峯下貔貅擁

制勝尤資玉潤謀

未能一面展長纓空對仇讐慟反兵終是衰門丁薄祚
國殤賫志負平生

淒淒旅櫬返輕舸雨咽風迴愴逝波有老白頭空鞠育
重泉當亦感蒿莪

頻年華實萎初胎寡鵠惸惸倍可哀憶送行旌猶昨夢
豈知同去不同回

春近四絕句

九九圖成暖意回曈曨旭日麗春臺畫橋楊柳未成碧
已覺和風吹面來

霏煙靄霧罩晴沙節近青陽景物佳十萬金鈴預安置先春長護早開花
燕子依然壘舊泥湘紋一桁捲晴暉花前舞蝶深深見陌上驕驄冉冉歸
萍波漲綠冰初解蘚砌回青雨乍勻氣淑時和好光景銷金帖子寫宜春

偶成借小莊作

燕燕歸來否開簾待曉風苔錢隨意綠杏子可憐紅畫稿天嵐外春痕水鏡中小窗初倦繡席地轉詩筒

瀟湘八景

白露橫江浪縠鮮十分秋色澹遙天鴉聲欲訴誰家樹
漁火微明隔浦船衡嶽青迴雙鴈落君山秀聳一蟾圓
淸風遠渡湘靈瑟帝子容妝尚儼然

洞庭秋月

湘水琤瑽別夢醒凄凄夜雨帶秋聽風聲鼓浪連雲黑
霧氣涵山失黛青潤逼芳蘅憐峭冷斑深淚竹惜伶俜
酒樓人語闃更靜惟見殘燈數點星

瀟湘夜雨

漠漠平沙接大荒一年容易雁南翔飛來恰帶銅庭月
落處猶凝玉塞霜錦字關心疑帛繫秋聲到耳憶籌量
騷人目送增佳興一曲淸絃遣夜長

平沙落鴈

茅舍參差枕曲堤夕陽紅透碧玻璃蘆簾挂壁晴飈靜

荇網橫竿暮靄低晚唱穿雲遲鶴渡風帆艤月澹鷗棲
武陵事往仙源近待逐桃花認舊溪 漁村夕照

煙空日落樹森森一片鯨鏗古寺陰百八聲中參至理
三千界外豁塵襟寒驚佛㙮霜初肅響逐夐砧月半沉
不是闍黎敲飯後紗籠多費感懷深 煙寺晚鐘

天外晴嵐一碧遙依稀列市傍山腰因風欲颭沽春旆
助暖還聽隔巷簫畫裏樓台嗤蜃幻峯陰榆莢擬蚨飄
靠煙靄霧無窮景應費雲林着意描 山市晴嵐

江波渺瀰望無涯隱隱湘篙劃水綠一綫輕颸催欸乃
半篷斜日下崦嵫青楓暮艤憑誰認赤壁宵遊有鶴知

經歲經年離別載者番不誤候潮時

遠浦歸帆

屑玉飛瓊望眼賒江天一色淨無瑕飄殘蟹舍魂俱冷灑到鷗村夢亦華有客尋詩藜杖健憑誰訪戴片帆斜菰蘆雀葦都蕭瑟晚釣何人箬笠遮

江天暮雪

夏日喜雨

風聲已在樹雨腳密復稀浮雲蔽白日原野光未晞跳珠始亂颭瀉玉旋奔馳虬龍挂天末金蛇輝地維平疇接棐滙灩灩疑無涯飛鳥各投林棲雞自尋塒耕者荷簑笠耘者肩鋤犂望衡意怡悅踐水足趦趄膏澤多豐年擊壤應可期昔者歐陽子名亭曾有辭今恰應時得

或當免朝饑吾亦貢數言相與祝明時

和外子原韻

荆布雍容與性宜笑他眉嫵艷當時孟家椎髻莊鴻案秦苑簫聲緬鳳儀敢謂蒸梨諳婦職居然設帳備師資姑命兩小姑從學吟梅社啟觕成句翁命賦十月先開嶺上梅試帖與外子兄弟同作博得春生壽母頤翁命外子獨賦令妻壽母試帖

錄原作

錦瑟瑤琴式好宜殷殷菽水敬乘時嚴君錫訓褒賢助小妹嘗羹仰令儀蘭佩同心眞我友予字悳卿內子字慧卿陳松生姊丈鐫悳慧同心人面石章相贈予因以名館書繙博議問誰師予室內有絳燭

肯深書繙博議聯因取用其意多君伴讀芸窻靜待舊鵬飛共解頤

冬閨

蕭風霰微雪錯落瓊珠貫金爐冷麝薰玉蒜明鴛幔不寐數蓮籤寒夜已參半

晚眺

離思黯無聊日暮危樓倚霜凋紅墜山風急白捲水湘山何崔巍湘水何渺瀰舊時分錄窗遮莫烟雲裏

思家

長天今夜月千里捲簾看華髮悲青鏡清霜冷玉鬟書憐翔鴈杳梅憶綺窗寒待覓歸家夢愁深着枕難

吳氏姪婦書詢近況賦此代柬

多謝竹林詩弟子，遠傳雙鯉問平安。村居我愧神俱俗，牽處君宜意自寬。新詠不妨千里寄，舊書休厭百回看。最憐一樣思親切，昕夕猶承代勸餐。

元日 辛未

舊歲何由改，衡門闔闢中。千畦芽茱碧，萬戶燎燈紅。獻雉趨田父，搏獅躍野童。風光饒別致，鄉思一時空。

曉行

筍輿得得避朝曛，行到雲中不見雲。耕者荷鋤漁把釣，四民生意各欣欣。

曖曖孤烟接翠微小山叢樹自成圍野田風過溪流急驚起雙雙白鷺飛

昭潭舟次

重重烟樹護棲鴉倒影桅檣一律斜岸柳汀蘆都入畫夕陽紅透賣魚家
疏星微月夜溶溶雲水蒼茫眼界空隱隱鐘聲度清梵塔燈遥閃一星紅

舟抵長沙歸甯志喜

侍親十九載歡娛不自識離親五匝月淚冰已層積一旦復歸甯喜極繼以泣扶膝仰親顔親顔益蹁躚起立

瞻親鬢親鬢半如雪哀哀慈母心鞠養空勞力女長須
遣嫁緩急何所策安及北宮嬰撤瑱供甘潔終老奉親
庭孝行千古列嗟兒寸草心春暉報何日小別幸重聚
長此侍親側人生免乖離尤勝九鼎設我母聆我言一
笑增愉悅

余由湘鄉言歸長沙小莊姪婦病瘵垂危中懷沉
慟感綴四韵

準擬歸來日交寬別後思那知重晤對先已病支離強
坐仍扶鬢緘悽勉揭帷慰辭無可慰攜手淚痕滋

輓小莊姪婦

貞石長摧矣沉慟淚沾裳回思少小時昕夕常相將阿咸謝世早月御成悲涼伴子孤棲影費余九轉腸日共琴樽案夜聯風雨床佩子孝思純先意體尊嫜忘貴盡鍾禮娣姒無參商尤敦竹林誼愛余意深長晝爲理書籍晨爲整容妝我年甫垂髫初學步三唐辱子不我棄願居弟子行我亦盡我知競病相酌量子性秉宿慧斐然自成章歌詠初云樂流光劇匆忙余長嗟遠適勞燕各一方上有白髮親思兒日徬徨時承奉甘旨湯藥每親嘗報劉雖子志私淑曷余忘今年我遄歸方冀樂未央詎料子攖疾啼眉悽洞房可憐聚首地旋爲分首場

與子一昔情罄楮不能詳憫子際遇窮無往不悲惶珠胎既屢隕連理復中傷用此鬱懷抱二竪侵膏肓巫咸倏下詔茹恨居北邙福德本難備時窮節或彰無從叩九閽撫膺徒茫茫

昭君怨

皇皇大漢朝廊廟多濟楚和戎絕域行底事遷孱女人知妾塚青那識妾心苦千古琵琶聲可憐作胡語

遊浩園即席贈主人

萬花如笑午晴初煙景空濛畫不如水殿風迴襲珠翠有人顧影避遊魚

荷花十里柳千株翠黛紅腮若箇如安得司勳詞賦筆
綺羅香裏繪瓊琚

分詠落葉

霜淒萬木掩雲根獵獵蕭蕭到耳喧荀令無香留別鶴
杜陵有淚下哀猿深宮流水秋題怨客館西風夜打門
莫更攀條問榮槁掃紅拾翠總銷魂

讀三國志偶作

一代權奸跋扈才臨江釃酒亦豪哉連環鎖固東風便
那得喬公二女來
三分鼎足定茅莢主懦邦危不易支宮府一如前後表

陰平豈有墮氈時

春夜曲 壬申

紅閨宛轉清歌發銀甲彈箏調清越寶鼎香溫篆縷迴
羅衣夜永輕寒切倚衾欲眠還未眠子規啼澹梨花月

七夕

人間兒女自情癡却替天孫恨別離一碧淪漣銀漢水
不知何處着相思
仙眷原無別思牽古今附會鄙從燕倘教細數天台日
祇是胡麻頃刻前

哭善女

酬恩索負費詳參勉自吞聲坐夜寒力盡心疲腸寸斷
聊憑楮墨訴辛酸
檢點巾箱慟淚盈瑤環繡褓尚縱橫可憐待曉敲牀扇
巧笑嬌呼總絕聲
牙牙學語伴晨妝也解花簪小髻旁對鏡不知身在內
却從鏡外覓行藏
懷抱淒凉意強持人生此境最堪悲無愁轉羡鶉衣婦
稚女雛男左右攜

春日晏起賦贈小香姪女　癸酉

撲簾飛絮黯清愁燕子嗔人下玉鈎花影壓欄清夢醒

侍兒却好待梳頭

賣花聲裏度花朝多病心情冷畫寮聞道曉窗躬督課琅琅歌詠入雲霄

送春　姪女二子均慧

斷腸時節奈何天金粉飄零思悄然花淚暗彈剛帶雨柳枝欲折更含煙連番香夢蘇蚨蝶無那離情響杜鵑芳草綠波舒遠眼東風應作故人憐

仲夏曉起

推簾曙色微小坐風簷下菡萏靜邀妍芭蕉青欲瀉銀河澹碧天玉露敲瑤瓦幽苑數聲蟬涼颸動林野

悼小香姪女

柏節松操久耐寒，豈風何故任摧殘。借他火化歸元氣，修到神仙歷刧難。閨爐火焚衣裙延及頭面受傷而没

孩提失恃原堪念，綺歲分釵更可憐。未見雙雛展頭角，丸熊辜負夜窗前。

記得香閨倚繡牀，綠肥紅瘦共平章。如今再到穿鍼處，惟見殘蕉拂短牆。

女子生而各有家，祇從令節集香車。誰知此聚猶難永，盼到歸甯憾轉加。昔居喪禮時代，日一歸甯必請姑命，今則巡行自遂，不必言盼也

柳枝詞

試問階前柳，春風到幾時，長條空裊裊，不是去年枝

魂銷灞岸頭目斷江橋側葉葉復枝枝離多不堪折

長堤千萬縷縷縷繫人愁寄語凝妝婦春深莫倚樓

陳池生夫人招遊浩園即席賦贈

名園結搆超塵俗危樓傑閣相叢簇柳樹晴喧弱絮飛
萍溪秀剪橫波綠五月五日蒲艾新雕輪繡幰多麗人
眉黛都含遠山碧湘鈎不損蒼苔痕虹橋屈曲迴欄接
池荷乍點田田葉室近芝蘭氣自芬風生紈綺香尤潔
梅岡竹塢助流連一山一石皆天然古人秉燭良有以
及時行樂毋遷延我適經旬困啾唧賢主招邀遣岑寂

南風解阜飄蓉裳仰觀俯察意閒逸好鳥枝頭歌且閒
鳴璫禁步行姍姍閨閣愧無濟勝具層樓小倚窮觀瞻
道韞詩管媛畫千古以來鮮流亞吾人競病幸犄諳況
復雍容日多暇坐花醉月盡余歡庾樓陶隱不相下

夏日漫興

幾重煙樹鬱青蒼療俗新篁入坐香書爲繙勤常摺角
字因廢久不成行身閒即是無邊福心靜能生自在涼
雪藕調冰都卻暑何須世外覓仙鄉

中秋懷陳玉如

銀蟾如水浸高樓珍簟清涼暑氣收鱗羽遠沉千里信

夐碪近度萬家秋絃張綠綺誰同調琯倚昭華我欲愁
都爲霓裳留幻想至今人羨廣寒遊

讀史

十年深悔讀書遲寸晷風簷一卷披太史從來無曲筆
流芳遺臭在人爲

元日呈　阿姑　乙亥

後進屠蘇酒承顏笑語譁又增新歲月彌感舊年華匿
帚傳千古吟椒更幾家覘天祈愛日長此照萱花

附錄外子和作

謝客日已久門無車馬譁壽萱觴杞菊瞻怙憶京華

春回五柳宅德承三省家寸分眞若駛叉見頌椒花

藥名七律

雨過空靑繞戶前甘瀾水接玉漿泉緣山藥擅千年品
匝地榆排萬選錢曉苑霜淸消鶴蝨重簾風定注龍涎
胡麻飯罷無些事自劚黃精學散仙

藥名十絕

丹砂一擲幾經秋轉瞬烏頭叉白頭故紙年年鑽未得
空懷遠志賦登樓
暖日融融透瓦檽流鶯巧語絮金鈴懷人莫禁胡桐淚
茜草紅花開滿庭

雲外天香發桂枝海蟾酥薄月來遲愁心莫解丁香結
六曲屛前倦不支
吟成白蠟夜窗寒銀甲珠凝淚欲彈夢逐青風懷遠道
天門冬雪早迷漫
蘭葉葳蕤又早春石脂輕粉助妝新鈎藤鈎起延胡索
牡蠣牆邊草疊茵
金爐銷盡降眞香滑石寒生百草霜石首魚潛書不到
蔻衣慵試掩青箱
女貞寂寂檻前花白合香溫篆縷斜正是當歸歸未得
春深誰與種胡麻

半夏涼生啓縮紗瓜紅初染鳳仙花臨池摘取新荷葉的的蓮心露正華

白鞠禁霜又早秋畫屏無寐待牽牛浮萍聚散渾常事生地長羇萬種愁

開遍山查雪未殘無灰酒熟醉言歡簾衣重下防風入漫爇桑枝遣夜寒

十二月念四日謁 先姑墓志慟

六年侍奉仰恩慈作婦無殊作女時慟煞松楸長已矣教兒何處獻蒸梨

卑聽尊從感夢因燈窻無復演搜神姑喜聽稗史每夕令演說數則千

年華表傳歸鶴訴盡滄桑不當眞

柳絮 丙子

幾經飄泊蓼征鞍帶霧和煙畫裏看眉額還憐花樣改蝶衣深惜粉痕殘三生流水嗟萍聚十里晴漪逐浪團莫更淩風天上去五銖輕倩不勝寒

病中立秋

重幃深下雨廉纖漸覺微涼透指尖不捲湘簾留別燕慵開妝鏡鬭新蟾風簷送爽辭紈扇藥鼎迴烟浣畫綠獨有詩魔驅未得錦箋斑管又閒拈

外子北上考廢賦此送別 丁丑

匣劍囊琴檢點宜今朝眞到送行時情懷漫擬桃潭水意緒渾如亂繭絲春草綠波江令賦雲鬟香霧杜陵詩破題同是初離別執手相看淚欲滋

意有未盡再賦二絕

伯勞東去鴈西飛三晉雲山望影微乍暖還寒時候也最難將息是添衣

後夜燈前思若何浮雲落日感人多分明酒親車塵影誰遣春山樹綠柯

思雲閣晚眺

初春猶冬仲蕭風吹離襟閒居若爲懷脈脈愁朝昏感

我懿親意高臺約憑臨放眼釋塵抱有酒不知醺仰瞻白日麗俯覗春波凝一霎光景暮荒煙合遙岑飛鳥各成列紛紛投故林馳情思遠道不禁增沉吟引領將何見悠悠悽我心取琴欲爲彈絃膠不成聲安得南飛鴈一傳天外音

月夜書懷

別館淒涼夜色深依然圓月照同心（兩心新署館名）是誰首創舟車製兩字離愁誤到今

送別誦芬仲嫂

驪歌未唱早淒然不盡依依送別船數載相交多慷慨

一朝將別轉纏綿東風寒食飛花雨南浦離愁釀柳煙把袂殷殷重致語鱗鴻莫負好音傳

送春詞

風釀輕陰雨釀寒韶光九十又凋殘香蝬粉怨情何限怕向西窻倚畫欄梁間燕子飛如故那識春新與春暮病裏逢春不當春況是離中送春去送春春去幾時回自翻廣袖自徘徊湘簾窣地人語寂落紅成陣堆碧苔

寄懷心如姪婦 時歸儕皖桐

碧雲深處謫仙居六代江山畫不如料得日長鍼綫懶繁華都倩玉纖書

詩思依然屬謝家撲簾飛絮受風斜蘭階春暖藜筇健介壽應知興倍奢（心如祖父雪廬太史不樂仕進恆挈梅鶴遊覽天下名勝心如亦屢從行）

聞碪

斗柄闌干玉宇涼一鈎冷月澹輕霜已當客旅驚秋早又聽寒碪擣夜長幾日縫紉疲皓腕連番熨貼轉柔腸年年費盡深閨意衣錦何時返故鄉

秋日擬古

秋風昨夜來觸物聲喧嘩登高遠憑眺四野感荒遐春仲一爲別轉瞬秋露華鴈唳楚天末鳧飛湘水涯光陰幾何時極浦又蒹葭

蒹葭何蒼蒼伊人水一方遐思阻修途途修思更長縅愁覓錦鯉水濶多潛藏惓惓渺無極兩地遙相望相望不相見開窗眄凉月月澹秋河明雙星兩暌隔元鬓不久持歲馭猶電掣驛使來無期梅開莫輕摘

露筋祠

昔有姑與嫂暮夜行倉騾高郵荒野地饑蚊肆飣餖嫂意投田家姑堅止林茂甯與薰同腐不與蕕同臭一夕嚴冰霜千秋致俎豆蚊乎何作威筋露節已懋

七夕

匆匆又到可憐宵鈎月窺簾別思遙遝遍曲欄無意緒

袖邊紺碧等閒銷

徙倚鍼樓夜色深銀河浪起曉風侵不須再驗蜘蛛榼
送巧何知乞巧心

冬日即事

峭寒天氣起常遲凍雀聲喧日影移幾本疏梅貯晴雪
茶鐺香透晚煙絲

一陽初轉晝遲遲繡譜金鍼手自移紅到碧桃春近也
小窗依樣擘柔絲

夜夢淇兒拜求經懺比曉命其乳媼詣大悲菴爲
之禮佛書此誌慟

度爾殤魂仗佛靈含悲欲告又吞聲他生須向閻羅乞
不得長生莫再生

入夢投懷出夢非提戈取印願終違可知一掬傷心淚
已是人生兩度揮　壬申善女殤

歲暮

流電催韶景驚心歲欲闌籠更偏妒夢鳳軫不成彈楚
水遲歸夢幷門仰大觀霜嚴風轉勁天氣又深寒

思親

複水重山別路歧白雲親舍望中疑茶餘酒罷譙更靜
都是萱幃憶女時

水落河平滯客船行行又止意茫〻然思量寒〻夜觀書倦
未必雛鬟解勸眠

喜　母大人至湘鄉

別久思成痗重逢喜莫支介眉朝進酒請祖暮搴帷稚
子呈圖畫雛娃索餅飴天倫歡聚敍梅柳亦生姿

擬三婦艷　戊寅

大婦感華年中婦怨朱絃小婦嬌秋夕密誓倚香肩君
憐無非是胡云恩愛偏
大婦縫衣裳中婦調羹湯小婦獨無事當戶整容光邀
郎畫修蛾近坐挹清揚

大婦絡輕絲中婦響鳴機小婦多憨態抱狸終日嬉妝
成不自信從人問相宜
大婦結流蘇中婦採蘼蕪小婦獨嬌慣邀郎繫明珠紅
顏不易駐盛年寧自疏

小病遣懷

怕聞鳥語厭人譁銀蒜沉沉壓九華一種紅閨蕭瑟景
緘書何以報秦嘉
芳階不斷落花風鸚鵡驚寒駡玉籠強坐呼鬟調食水
如雲青鬢感飛蓬
新停藥盞瘦伶俜鏡裏眉痕減舊青覺道春風總多事

禁人終日不推檽
誰遣三生鑄別離依依昨夢悔臨歧尋常一樣樽中酒
澆到愁腸總不支
不開簾押已兼旬病裏心情負好春一日輕寒三日暖
此時不易着愁人
硯匣塵封久罷拈重門深閉雨簾纖桃花瘦盡春波冷
誰寫紅芳入素縑
析袂江干不幾時離亭楊柳又垂絲含情問取雙棲燕
底事春歸客未知
漏盡銅蓮對影雙颭紅一穗燦銀釭閙堦竟夕風吹雨

釀作愁痕染碧窗

除夕接山右書

臘鼓連城逼歲除桃斐又見煥新符靈機早被離痕滯漫問癡呆賣得無
家書在手初忘倦令節驚心轉助愁一歲悠悠歲又改來朝別緒理從頭

人日己卯

勝節題詩循舊例花前雁後寄懷新枝頭積雪猶欺柳檻外晴光待轉蘋解語鸚雛偏善病窺簾燕子慣生嗔寸心千里難消遣恠底笙歌鬧比鄰

有感

子規聲不斷春色去匆匆待放歸來燕推簾墮落紅
着意理柔絲織就迴文字春空鴈不飛欲寄知何寄

七夕

玉宇高寒夜露微風檐蝙蝠作團飛無端冷被天孫笑
明月年年照別幃
多病心情怯倚樓三分疏懶一分愁長空望斷星橋影
天上人間各自秋

采蓮曲

浣紗人去苔空綠橫塘依舊鴛鴦宿鴛鴦顛倒不知愁

對對穿波振寒玉玉膚花貌面蓮漪憐我憐卿翠黛低
芳樂步金留想像華濤出浴擬丰儀帆張錦繡衣紈綺
刺船來去驚鴻起絮語微通渺渺波濤愁欲訴盈盈水
南薰馥郁裊晴煙綠扇紅衣別樣鮮羅袂暗搖釧玉響
湘篙微點浪花圓朝采蓮花蓮露泥蘭橈桂楫爭華靡
照影都潛六六鱗藏愁怕摘青青子暮朵蓮花蓮露清
柔波瀲灩蛟珠凝瓊琚未解江皐佩羅襪空懷洛浦塵
花能解語人傾國人花境界誰分別定子歌驚遠岫雲
桃奴濼打重湖月月照重湖素景斜秋風容易感蒹葭
願教多製天孫錦長護人間連理花

秋雨夜坐述懷

秋閨靜掩秋屏寂銀缸焰薄爐香熄早是離人百感生
何當夜雨西窗急彈蕉響竹鎮蕭蕭數盡瓊籤玉漏迢
舊事沉吟疑昨夢新愁棖觸又今宵今宵風景淒如此
天涯況味知何似已自悲涼蛺蝶裙那堪洄溯芙蓉水
芙蓉蛺蝶總凋殘撫往思來玉箸彈點點聲聲魂欲斷
颼颼霡霡暮添寒世上何年不有秋秋窗何歲無風雨
人寰憂樂本難勻況我迍邅迭相苦攄辭欲訴復徜徉
宛轉清歌起曲房縮地有心求費道補大無術覓媧皇
此生賦命何乖劣孩提適際兵戈迫饑源窮絕泣忠靈

闕閱凋零虛相業七年作婦遇仍乖三佩宜男兩去懷
把筆書空空自語開樽遣悶悶難排比來事事尤非意
羅巾疊疊啼痕漬寸草長懷陟屺心輕梭慣織迴文字
織盡回文意黯然橐䭘遠道恨年年安能滿泛秋江水
片雨絲風轉畫船

九日登樓

獨摘茱萸意黯然迢迢客路渺雲煙遙空一片蒼茫影
知是長安是日邊

下元夜見月

當頭月色幾相逢不是愁中卽病中猶念天涯覊旅況

小牕幽靜一燈紅

北風吹鴈度遙天數盡人人百感牽一種霜威最蕭瑟
客中應已着重綿

臘盡歸甯由湘鄉赴長沙阻風水鷺洲

殘年風雨阻烏篷歷歷鄉關霧萬重屈指歸程歸不得
天涯况味轉愁儂

霜林落盡萬峯臞近水人家儼畫圖淸絕板扉蓬戶畔
孤松閒對老梅株

晚炊煙接暮雲微寒到鷹巢逐擊稀獨有垂竿老漁父
刺船來去一簑衣

天風留客客心閑，贏得推窗飽看山。似覺輕波鼓晴浪，來朝遮莫小舟還。

試筆分綠窗，率成二絕呈 母大人 庚辰

十年別我浮毬地，東閣重開喜欲狂。却笑如雲雙鬢髮，離痕偏爲點輕霜。

簷封積雪冱寒加，留得殘蕉護碧紗。柏酒醺醺不辭醉，頌椒筆又頌萱花。

春日偶成

青陽着意釀芳菲，萬紫千紅勝錦圍。銀鴨香溫朝旭暖，紙鳶力薄午風微。詩賡詠絮慚枯硯，曲譜思歸冷玉徽。

又是清明時候也偏遲燕子故巢飛
落花容易上枝難昔昔鹽歌憶古歡三月艷陽初解凍
二分春色尚禁寒乘驄有客金爲勒撲蝶何人繡作紈
我已頻年銷綺興無聊獨倚玉欄杆

擬明月何皎皎

明月何皎皎當戶懸清輝離人怨遙夜不寐起搴幃重
山復疊嶺有翼不能飛嬉子却何意輕輕上羅衣

擬自君之出矣

湘洲有杜若經春常自芳君子久行役馳念結中腸釆
之不能貽各在天一方還讀舊來書一銷鐘漏長

暮春偶成

柝聲如雨月如烟不許愁人夢影圓發盡東風飄盡雪歸期賺我又經年

德燦從姊隨夫壻陳松生部郎旅居倫敦使署感疾逝世步伯兄佶侯歸樸齋原韻輓之

深閨何意兀郊麟消息傳來慟里鄰瀚海竟教沉婺宿瀟湘無復共芳晨天閽冢廓難窮理溟渤蒼茫斯感人頻歲罡風萎花蕚九京相見應相親

飄然已是別瀛寰負我年年盼入關蘭芷香消吟社寂琅玕月冷畫床閒姊著有紫琅玕館詩集青門蕭史空顣頞碧海

仙娥自往還簇簇花環誌哀悼芳徽交譽夏夷間

擬子夜四時歌

春花艷春鏡春色自撩人願君似春風往復吹羅巾
碧草生玉階芳香襲裙帶蝴蝶飛上頭似覺深儂愛
二月河水生昵郎泛烟渚雙槳搖綠波驚起鴛鴦侶
當初與君別春日以爲期楊柳今又發君歸復何時

右春歌

不恨見君遲祇恨別君久涉江采芙蓉何如對佳藕
明知三伏熱羅衣掩珠絡豈不愛清涼解時難再着
涼蟬嘶高槐風來透紈綺人自愛浮爪儂自愛蓮子

浴罷倚瑤席瓊琚自生香願得如意珠與君共招凉

右夏歌

儂似夜星明君似秋月皎星行月亦隨深情繫懷抱
數遍錦江鱗望斷南天鴈鱗鴈空往還尺書不輕見
三日眉不修四日髮不理相思不相見秋心感梧子
初秋八九月征衣製長夜淸商動園林淚隨霜葉下

右秋歌

蘭燭明朱輝銷寒坐靑瑣兩心同一心更勝爐薰暖
知君冒風雪儂亦解狐貉若言儂不信歸驗膚間裂
昔往御輕葛今來着重綿重簾不上鈎長日心懸懸

記種綺窗梅梅開君未還醇醪不自酌遲君銷沍寒

右冬歌

出塞曲

漢家啟邊釁軍書下窮閭馬買東頭市旗輝北斗區願爲冲霄雁不作伏轅駒兵符幸在握努力吞強胡

離家違骨肉衝寒賦長征玉關生可入雲閣繪何爭凍雪隔刁斗蕭風吹旆旌枕戈不成寐長聽班馬鳴

按甲凶渠服迢迢靖邊塵一斬郅支頭再入單于軍宣威邁頗牧決勝超吳孫男兒生世間奚獨讓古人

入塞曲

玄鬢未斑白百戰身仍完朝搴大將旗暮策紫騮驂虜
平弓矢戢海奠鯨鯢潛功豐績復偉行當勒燕然
馬革雖壯談不如返故都典屬非足榮終勝老羶胡德
致越裳雉威徹南海珠歸來謁明堂咫尺天顏愉
兵革本凶事難期朝暮逢敗則兵之禍勝則將之功犁
庭薾狼野茅土膺崇封囘首沙中骨尙爲烏鳶叢

雨後 辛巳

初夏風光似早秋微颸送雨濕平疇夕陽亭畔珠簾捲
一色秧田水自流

對酒

對酒當歌獨醒如何及時行樂猶悔蹉跎一斗亦醉五斗解酲劉伶荷鍤殊邁等倫安步當車晚食當肉知止不殆知足不辱飲河滿腹巢林一枝優哉游哉其樂無涯

外子自山右歸夜話

蒲帆一葉趁歸風執手都驚改舊容鴈外音書曾幾許鏡中潮汐自千重詩懷苦被離懷滯酒意何如別意濃數載勞人思婦況剪燈同話五更鐘

題山水額帳

短籬曲曲護幽居萬柳垂門綠有餘十里芰荷圍畫舫

臨軒有客靜攤書

仲冬下澣偕　外子晉省就醫

四年別調感陽關一葉扁舟自往還今夜篷窗同徙倚

藥爐煙透五雲間

題列仙御風圖　辛巳

赤城霞起海波平虎躍龍從勢欲驚霓帔星冠知幾輩

仙璈微辨董雙成

當時恍惚夢驂鸞歷歷天星似可攀不道罡風禁不得

又隨青鳥下瀛寰

外子寢疾倩吳蓮仙女史爲之祈禱吳有入道之

勸賦此答之

瘦腰經歲困東陽藥鼎茶爐費料量投眷心情猶蹭蹬敢存非想繼劉綱

一點靈犀恨渺漫調龍馴虎兩都難朱符寶籙渾閒事稽首先求續命丹

釋躭靜悟老清虛羨子兼全道不迂似我愁腸棼亂緒此生終恐昧蓬壺

滄海桑田幾度遷紅顏春樹感流年禪心漫擬文心變獨恨求仙不見仙

壬午歲暮感賦

余自癸未夏率兒女隨侍兩廣節署居恆以淚洗面不親翰墨者久矣會臘盡兒姪輩業師解館阿翁命爲督課初學爲文俱宜點竄塵硯

重開得二十八字以誌悲愴

客裏光陰逝水流崩城灑竹慟難收早拚焚棄君苗硯待課兒曹又勉留

和寄仲嫂詠雪

坐擁輕衾意興摧曉窗惟有亂書堆黃花已負重陽約綠蕚偏遲近臘開兩聽更闌燈照影苛生別後酒停杯小園空有花如錦步屧何曾印碧苔

忽逢鳴鴈下長空一卷珠璣咳唾中易地殊憐貂失價
經冬少見絮因風都無逸興傾歡伯但有蕪辭步惱公
近喜丸熊餘寸晷繡牕添課女兒紅

題春夜宴桃李園團扇

桃花似笑李無言千古風流一箋存宮錦艷爭華燭朗
觥籌交錯夜星繁眞仙儘有紅塵謫醉聖終窮碧海源
我亦披唫神惝怳臨風嘘嘯盡餘樽

題黃太夫人秋菊海棠團扇

盈盈麗質傾城國玉潤光瑤鬭明嬙陽春不足司榮槁
寒霜那便凋顏色動瑤懷袖午炎初冉冉清芬襲五銖

燭燒深夜嬌無限簾捲西風澹有餘胭脂一抹增紅艷
似否尹邢初識面畫中詩寫曉妝新詩中畫寫單衫倩
金英雪綺燦紛披取次陰陽向背宜命婦久誇重葉貴
高人尤美晚香奇恰好騷壇對名友露白霜輕穩消受
隹信長留八月春延年待佐重陽酒琥璨硯匣暈烟痕
蕪頌聊將吉語呈從此南山增壽考名花名筆共遐齡

分綠窗詩鈔二

長沙劉　鑑惠叔

羊城立春 癸未

又見春旗一色新他鄉撫序獨傷神燕歸已悼年前侶蝶化空尋夢裏因菜獻辛盤餘強笑歌聽子夜助愁顰荒庭且喜留殘菊耐得清霜伴主人

人日示鶴齋姪

人不同春至風光感客深絮萍今日聚詩酒昔年心豈獨花晨負猶憐竹訊沉珠江三百艇聽去總離音

上元大雨

穹蓧復何憾元夕釀愁霖事往成三歎哀深怯五音蕙懷餘慘澹藜火悵消沈怕照傷心色燈殘月亦陰

思親上元夜作

白雲親舍遠今夜定無眠淚落空梁燕魂銷挂樹鵑蘊愁翻厭酒抱膝懶調絃莫化莊周蝶夢隨几杖邊

清明作轆轤體

清明無客不思家忽忽離襟感鬢華壯骨終於縈蔓草浮生何必悵飛花殊方撫序渾憐我繡羽嬉春敢羨他滴酒重泉千古憾百壺須向死前賒

綠是莓苔艷是花清明無客不思家識丁才薄詩原掘

知已書疏雁亦遐影息孰憐巢類燕蠻爭渾笑國於蝸
王孫去後繁華歇芳草斜陽意獨嗟
東風又逐柳枝斜撫往思來恨轉賒寒食祇今猶禁火
清明無客不思家萱花寂寞魂千里蘭芷淒其水一涯
淚眼朝昏晴未得潮生潮落豈爭差
天上人間舊願奢斗牛何處覓仙槎半生短夢淒歸鶴
三匝南枝感宿鴉巨海有風偏鼓浪清明無客不思家
愁痕漫擬珠江水江水沉沉尚有涯
木綿紅斷路三叉乘興登樓覽物華荔浦少聞珊樹長
花田猶見玉鉤斜仙人迹幻羊城曲定子歌驚蛋水涯

杜宇聲聲歸去好清明無客不思家

登鎮海樓 又名多佛樓

秋深氣覺爽驅車羊城東側聞五仙人叄駕來雲中元氣誕千古晻曖鬱奇峯因峯建危樓結搆誇龐宏一覽天宇濶赤霞蒸萬重高疑近星斗俯欲探蛟龍琳宮復櫛比諸佛儼尊崇旃檀滌塵穢清鐘震頑聾我本抱深憂到此羣懷空流光過客耳毋庸苦追窮且須溯儀景嘘嘯淩高風

蕭世嫂邀遊花田

舊苑昌華已刼灰猶傳香塜葬蒿萊美人黄土千秋憾

嬴得詞人首重回
林亭清絶迥仙居茉莉繁開萬樹餘飛到如輪雙蛱蝶
依稀環佩欲淩虚

珠江雜詠

徵歌選舞日紛華畫艇縱横荔浦涯風韻最佳鹹水妹
烏綾如墨罩堆鴉鹹水妹
緋桃暈頰態濫柔白足如霜履不莵髩箆犀簪盛手榼
裹花簾底待梳頭梳頭嫣
七臺七鏡七鋪陳豆䴔菱橋製作新欲使旁觀誇得巧
重門洞敞放遊人祀七娘

標銜白鴿賭風傳千字遺文比戶研瑣事明神應不管心香齊向土撤燃白鴿標

暮冬偶成

薄雨輕陰近臘天早梅香透綺窗前吳綿已足將冬禦任解金貂當酒錢

閱新聞紙有感

瀚海重翻萬頃波恨無長劍定邊戈胸中藏甲今原少紙上談兵古亦多國運家艱同隕涕天時人事漫悲歌深謀縱許摧強敵輪軸銷沉可奈何南琛南瑞二艦沉沒

篝燈夜課感作

惆悵今吾遜故吾星霜頻歲賦馳驅熱腸易化心頭石
冷露難收面上珠嶺畔梅香思放鶴門前柳色感藏烏
一燈夜課寒更靜稍喜丸熊志不辜
因循容易白駒馳自檢圖書自析疑無定河傷埋骨早
不週山恨觸頭遲三生留笑終成幻九轉成丹總費思
浮世虛名眞誤我讀書深悔在兒時

仲夏由粤旋湘樂昌道中作

松棚夾道翠森森映日黃花若散金泛水輕鳧團舍北
帶鈴小犬吠花陰雛娃結袂求珍珥老媼窺簾羡玉簪
耒耜車機排次第一新眼界曠塵襟

詠盆蘭

一曲猗蘭操長留萬古嗟伍原羞衆草開豈殿春花託質宜幽谷紉香憶楚些孤芳甘獨抱桃李任風華

示唐氏新婦

婉娩大家姝應能色笑娛年華當少小容質喜豐腴織怨機中錦珍憐掌上珠無儀堪作範我自愧君姑

元山展墓誌慟

文光寂寂閟幽岑呼籲無聞淚滿襟慟我三生惟鑄恨悲君一疾竟埋琴才驚鸚鵡思當日塚並鴛鴦盼自今石爛海枯忘不得竟拋人事委天心

衡陽元山展墓歸至昭潭晚泊

鼉鼓喧喧歲已闌片帆猶是艤江干龍蛇合讖誠知命蜉蝣餘生詎任艱畫鷁勉催雙槳雪金貂莫禦半窗寒年年此日昭潭路撫昔悲今強自寬

九疑山色一回頭似有淒風轉客舟掩袂問天天莫對抽刀斷水水還流冤禽銜石癡何補怪鵬窺庭事早憂星斗文章湖海氣沉埋終古憾悠悠

贈王潤玉女史 潤玉爲吾嫂姪女昔避兵鳳陽付主其家

不易成此聚相攜各無傷張燈照華髮酌兕銷離腸蒲柳猶秋健桑榆未夕陽人生行樂耳何用感蒼茫

春聲 甲申

敲殘別夢雨初收柳外啼鶯韻欲流廿五銅蓮催曉箭十三箏柱訴清愁鸚兒獨夜呼銀架燕子雙飛觸玉鉤驀地輕風動鈴索鞦韆人語女墻頭

題衡嶽圖

吾廬近接嶽山泉月館雷池望影連大柱萬年靈藥隱禹碑千古石苔鮮攝衣人欲凌風上去里誰曾化鶴旋投窅情懷今已矣名山埋骨亦前緣

追悼叔文四姊

垂憐弱弟病支離饋藥猶承強疾時姊恆力疾治藥餽弟煮粥未

酬花蕚誼分襟旋隕歲寒姿天將萎哲甯論理鶴到成
丹總費思地下修文相待久可能依舊詠齊眉

元旦 乙酉

華髮催人意興遲歲朝揮翰試臨池青燈黃卷成辜負
赤米紅鹽費主持目送飛鴻傳竹訊手揮殘雪護梅枝
生機綠到窗前草珍重兒曹志強爲

答胡蓮仙賀得女孫

頓覺光輝炫草堂金仙吉語載賡揚慰情初博含飴笑
設帨懸弧總是祥
艷羨君家福邁仙北堂風景正無邊瓊枝玉樹臻臻盛

點領還應早郭年

春晝

春色半闌珊無聊倚畫欄輕煙楊柳潤小雨杏花寒白日閒拋易紅塵欲謝難遣愁愁未去徒把道書看

上巳踏青

短箋輕衫客思新東風着意釀芳晨二分寒氣三分雨憔悴春湖拾翠人

淪漣碧水一觴飛薄霧輕煙靄翠微千古舞雩風詠概令人興感溯清沂

送鳳如三姊旋鄉

離亭楊柳綠依依欲折還憐翠濕衣暮雨有情遲客去
寒煙無際逐篷飛吟箋繡譜誰堪共曲水長河望入微
有約梅開重聚叙莫教明月冷金徽

端午遊屈子祠

細柳新蒲綠可憐時光辜負一樽前秋風漫詡蓴鱸美
知否冰鱗味獨鮮
細葛迎風酒半醒誰家玉笛度江亭聲聲似訴靈均恨
多恐魚龍不耐聽
角黍紛投弔汨羅遺風千古未消磨忠魂已逐靈胥沒
空向湘江哭逝波

鼓角聲中競渡喧幾人溯古悼芳蓀午餘堤畔天風急一色花標颭彩幡

七夕大雨分韻

一水盈盈漲碧河佳期偏是雨中過不知天上相思淚抵得塵寰幾許多

君家山右妾河陽浮利浮名負景光不道仙人工點石天錢十萬亦難償

牽牛河鼓語模稜知道星槎莅未曾賺得人間逢此夕盡拋清淚望秋乘

灑竹彈蕉不斷聲仙橋遮莫暗塵生黃姑合共天孫語

羅襪淩波好自行

除夕

樂得糊塗懶賣癡灰堆如願復何爲一樽盡醉春成錦百感侵人鬢欲絲度日花磚程子課因風柳絮謝庭詩事從退步求佳境生意無窮足放眉

元日立春丙戌

昨夜桃符換推簾物候新詠梅懷遠道傳桊序初春白雪能欺鬢青燈不誤身一經通有待慚愧是因循

送重伯從姪應禮部試

驪珠耀虞淵龍劍升延津良材埋無棄乘時發光明於

人亦信然積學志青雲版築起王佐草茅備干城或爲濟川楫或爲大旱霖功績冠九牧千秋炳丹珉矧吾相門子家世承清芬兩間氣所鍾毓此天上麟少小具異秉之無不差參開卷目十行下筆如有神今玆挾萬言入貢珍球琳扶搖奮鵬翮九萬搏滄溟桑梓喜甯謐田疇足饗飧萱幃猶健飯諸弟解耕經繼志顯名父内顧毋牽縈惟世多險蹊防意如防城勿以貴自負勿以才自矜盛德若愚魯大度有屈伸之子性明哲奚待葯蕘詢朋儕職諫諍況屬阮咸親義在理則然曉曉毋厭頻金陵專閫地行旆所留停昕宵侍談讌樂事當無垠聞

我白髮翁政體多劬辛孫枝邈天末色笑誰親承明當
挈以來問對趨鯉庭鞅掌卽無助或且安晨昏致聲正
末已車徒戒行程別離世所惜不禁重叮嚀風霜自珍
重令音希遠聞

玉京謠

雙成昨夜下瑤闕四啟銀屛敞珠箔螺髻峩峩堆碧雲
羽衣飄飄凝素雪法曲仙韶淒復淸迢迢銀漢月華驚
麻姑去後丹砂杳萼主來前彩鳳停上淸賚勅有時降
無分攀躋空惝怳

寄懷王潤玉女史

明月入我牖相對緬光儀溫爐復短簷歲月倏已違撫序念良友各在天一涯灼灼桃李花青青楊柳絲自子別我去三發舊時枝朶之欲贈君道遠不能馳引領復浩歎飄風吹羅衣中懷將何遺託此瑤琴徽曲終月已落顏色照何時

奉　翁命率兒女赴甯留別諸姒即索仲嫂政和

自春忽徂夏疾疢苦顛連謹諾蕭嚴命泛舟指吳天行子遠親舊能無戀鄉關青琴發離響旨酒不能甘握手起致辭感慨各長歎嗟予諸宛若遭際何險艱龍蛇兀賢運先後悲離鸞賴茲同岑友慰言互相寬開緘共索

隱涉園相怡顔仲子班左才摛藻擅清妍言言工組織五色自相宣秋華耀菊圃春頌儷椒盤文宴幸叨陪謭陋深我慚慼君不遐棄巾車勤往還聚久忽爲别五内咸辛酸不有松柏茂焉知霜雪寒不有離羣悲焉知晤對歡鍾期不再遇取琴爲誰彈願言惜景光努力各加餐鱗雁有逢時毋使飛躍閒

泊漢陽見黄鶴樓舊址

黄鶴仙人去不囘高樓寂寂漢江隈飛灰早歷紅羊刼焦土重經赤壁災别圃梅花悽引笛晴川煙樹怕登臺我生未及瞻名勝空對頽垣訴可哀

舟過黃州追悼　先府君

黃州雉堞齒參差此地曾經敵壘持一木未能支大厦
孤城況是少援師傷心竟撤陳公榻墮淚空傳叔子碑
今日音容渺雲漢江流嗚咽不勝悲

金陵懷古

小姑山色遠相連秀聳晴空塔影圓塵世滄桑幾遷變
飛鴉仍在蔣祠前蔣帝祠
浩刼滄桑又幾秋白雲無恙擁高樓伊誰喚覺黃粱夢
多費先生賜枕頭呂仙祠
縹渺孤峯曖遠煙鴉鬟螺髻秀天然淸虛自與嫦娥伴

那得繁霜一曲傳　清溪廟

鐵鎖沉江勝蹟留古今勳伐共悠悠星移物換將軍老惟聽寒潮下石頭　石頭城

書懷寄仲嫂

漫灑離亭淚雙輪碾暮煙新愁添此日舊事溯從前茗話君應憶萍踪我倍憐伯勞與飛燕回首各凄然

早是愁中客重經亂後區山川空勝迹第宅總平蕪弔古心成結憂時淚濺珠可憐征戰地萬骨等閒枯

誦到文通賦離魂幾度銷狂歌憎別調斷夢遏歸潮煙雨紅樓迥瀟湘碧水遙寫懷空有作吟侶太蕭條

平生知己感何止悵停雲竹韻瞻淵雅蘭言佩郁芬不
才今老我清福早推君錦箧滌佳製毋遺寄遠聞竹韻齋名
諸阮天才授岐嶷志不侔僧彌原俊彥法護豈凡流風
絜應希謝盤椒莫豔劉一門機杼妙翹企獨夷猶
遙夜淒聞角離愁況自今無方能縮地有月倦披林塵
俗消詩興迍邅證道心高山流水曲千古一沾襟
煦園風景足游目興飄然燕壘營朱戶蛙聲噪石船花
凝三閣豔柳韡六橋煙誰是高談者淒涼老阿連
衡宇關情切何時歸去來樽開荒徑菊詩訊綺窗梅分
綠多韶景環天好逸才分綠齋余自署齋名環天室重伯姪自署定知書到

日一爲起徘徊

暮秋卽景

蒼蒼暮色靄林隈一抹清霜逐雁來却怪西風太疏懶
滿庭落葉不吹開

長至

病起蛛絲滿繡床不知窗外日初長陽回北陸催葭管
水涸南湘滯客航六代江山增俯仰一冬梅雪費平章
銷寒幸有新醅酒漫剪松枝煖玉觴

由滬旋寗感賦

紙箋泥爐令序遷客窗九度對蟾圓夢中說夢情生幻

家外歸家意轉憐自是三生多種恨何須五十始知愆
顏貧跖壽疑終古幾見呼開甕底天

春晚丁亥 二

燕子年年壘畫梁六朝遺韻未銷亡紅煊密樹櫻初熟
綠沁疏簾草自芳魚鑰因風喧客夜蛙琴和雨送春光
桃花緆起粼粼浪目極淮流遠故鄉

清明展諸姒書却答

輕寒薄暖釀花天一度清明一去年記得小樓春雨夜
分題互擘衍波箋
鶯嬌燕奼一羣羣日午餳簫隔巷聞沽酒人家隨處有

清才誰繼杜司勳
昨夜花飛積地茵輕煙薄雨釀殘春五侯宅第嗟塵土
誰向斜陽酹一樽
此地曾經兵燹來幾多殺魄委蒿萊白楊風裏鵑聲咽
落絮成團亂紙灰
士女家家事踏青朱扉一帶掩重扃祇憐陌上離離草
風過猶聞戰血腥
荆棘銅駝廢苑前頹垣幾處奈花鮮燕兒那有尋常別
依舊飛飛語自然
寒煙新火幾人家一色青帘出杏花我自鄉心銷未得

不禁回首溯天涯
思發花前遠故人吴天泠澹舊吟身南朝自古傷心地
到眼風光總愴神
六代興亡託詠歌兎葵燕麥感人多金輿玉座俱銷歇
豈獨傷心爲綺羅
江城永夜角聲悲珠箔飄燈玉漏遲勉自緘愁愁不絶
有生鑄錯是輕離
小樓正對翠微亭日日推簾眼界青望斷湘江亭畔路
雲峯疊疊障圍屏
花竹蕭疏舊有居分無清福老琴書可知一泛東游棹

惟見蕉心自卷舒

寄家伯嫂無爲州署

分渡潛江又一霜相思惟有淚霑裳羈愁迅逐孤帆遠
雲樹叢遮望影長愧我作羹權鯉對嘉君錫訓娩漁粱
別來事事皆非意獨喜萱花勝舊芳時慈親來節署小住

中江即事

車如流水逐風飈賽馬拋球別有場霓羽徵歌雲遏響
電燈搖影月輪光深睛鬈髮殊方客綠鬢紅顏大道倡
一種繁華穠豔景幾人到此制清狂

大雪行

朔風捲地聲栗列彤雲作意釀霄雪三尺四尺未覺深
猶自霏空勢聯綴遇矩成方規成圓千樹萬樹梨花鮮
大地山河爭浩瀚千家樓閣望延綿崇朝至夕紛成陣
狐貉無溫爐火騰梅約關心訊綺窗華顛撫序愁青鏡
去年賞雪瀟湘南圍茶夜煮驅嚴寒今年賞雪鈴轅靜
煦園清景增佳興石船鑑沼瓊瑤堆玉樓銀海騰光輝
竹林雅調勝蒇籍幕府鴻文傲鄒枚我亦葫蘆畫依樣

元日 戊子

風前柳絮相矜尚阿姊揚歌小妹賡長年春㬉青綾帳
齋閣清幽俗慮蠲任他桃彩煥新箋量鹽數米無關我

書物觀雲但樂天舊雪已銷新雪霽春華猶占歲華先
瓣香手炷無他願願祝靈椿愛日延

煦園雜詠

園在金陵督署之西偏極亭臺花木之盛惜距
內室甚遠惟春秋佳日一涉其地客窗餘暇就
曾親莅各綴二十八字聊誌一時興會

欃槍一昔掃妖氛依舊祥暉麗五雲百戰功成還坐鎮
輝聯棣蕚鮮前聞

陽春煙景召流連一室天親意靄然烹到雨花新汲水
苦征同感廿年前

藏書樓上御書藏寶笈森森蘊異光莫笑孱閨徒耳食
從今開卷省明良
堯薰吹盡刼餘灰萬木都從畫裏栽血灑蕘宏苔蘚澹
石船仍傍小橋隈
飛雲傑閣正西横匝地琤瑽鐵板平應是吳宮留韻事
廊前響屧一聲聲
四裡樓前夕照低芳塘一碧漾琉璃游魚喋起粼粼浪
藻荇參差影不齊
池亭小小室三楹跨陸臨流結搆精最是中天華月夜
勻圓一鑑耀雙淸

軒前雙桂鬱雲根馥郁天香散九閽若共蟾宮較榮落
珪璘應亦費評論

待燕簾櫳半裄低春來隨意壘香泥笑他王謝堂前客
畫棟茅簷一例棲

臺高聽月靄雲煙幕府新亭盡眼前果是南朝名勝地
一邱一壑總天然

新塘一望碧波遙曲曲朱欄護小橋露滴荷筒淒客夜
幾番錯認玉人簫

百花祠內彩幡新十二雲軿降玉眞不道塵寰金屋豔
有人同日慶生辰幕府呂姓妻花朝日生每年詣祠頂禮故及

寒食思鄉柬仲嫂

秣陵寒食雨淒淒細柳纔黃綠未齊正是欲歸歸未得杜鵑偏向耳邊啼

落紅如雨雨如煙光景淒涼勝去年却憾雲山障衡麓松楸飄泊墓門錢

匆匆客裏負年華白袷衣單暮雨斜燕子不歸春欲老小園淒絕棣棠花

記得蕉窗璧月圓春庭雅集共裁箋君詩初作蘭亭字一種丰神出自然

題吳胡蓮仙女史代繪春閨夢影圖 并序

夫碧海隔而月御悲玉清深而璇妃泣梧宮秋而紫煙冷雲棧險而貞石孤若乃門標高行之名臺有懷清之號齊臣去國哭崩東海之城虞帝巡方淚染南天之竹古之鏡破釵分珠沉劍別乍見雁而怯影未聞猿而斷腸我獨何人誰能遣此況復湘中楊柳先慣生離豈知天上芙蓉旋成死別當其析袂江皐彈冠京洛山川萬里歲序四遷天遠書沉織迴文而誰寄山遥夢斷惜瑤草以徒芳忍登翡翠之樓怕認鴛鴦之字花光鳥語處處傷心月影燈痕年年照怨及

其返旆言旋橫琴坐對羈旅倦風塵之色關河
識行路之難蘭褶秋痕一捻見東陽之瘦蕙懷
春錦幾回減庾信之才加以性本友于重傷骨
肉忘其病體遂彼至情五夜焚香竟少風雷之
感兼旬營葬不無霜露之侵衰祚多艱哲人其
萎椎心隱慟古昔所稀換骨仙丹人間難覓此
即僅屬交遊情非膠漆猶將欽其盛德想其清
輝憾天道之無知竟斯人之不祿過西河而腹
痛望北邙而涕零況余親承巾櫛逮事姑嫜未
嘗失色於笑言久矣同經於憂患有不淚隨夢

兩共灑靈衣憾逐神風同飄繐帳者乎歎白首以何期問丹心而已碎桐雖半槁尚耐嚴霜鳥已孤飛何堪日暮迄今歲華屢易景物都非每逢令序良辰賞心樂事懷人生感繼以欷歔偶展斯圖若合一契於是借題言志觸景抒懷情摯則語眞意悲則辭複夫人欣於所遇則萬物皆春情隨迹遷則浮生若夢雖南轅北轍久諳萍絮之緣而萬古千齡莫滅貞松之憾豈獨一閨之地一曉之時云爾哉

寃禽塞海鵑啼血千齡萬古精誠結娥竹斑留眼欲枯

兪琴質碎聲仍咽限枯聲咽剩欷歔北邙坏土慟當初
浮塵莫卸生前累幻境聊探壁上圖圖新境幻何人作
有美搴帷新睡覺廣袖微翻寶釧明低鬟半攏柔荑削
春光如夢夢如煙心迹都教彩筆傳在昔眞眞呼欲出
祇今燕燕見猶憐披圖展轉沉吟久仙乎逈出延齡手
夢影無憑枉斷腸春光易去空回首延齡妙手鮮同科
投老清齋謁祇陀愧我嗔癡牽俗愛輸他空色懺愁魔
愁魔億萬驅何易絲連藕斷并刀滯世外機參畫外禪
箇中人會情中意意蕊情苗想像中春入曉倚繡芙蓉
蓬萊豔質疑新謫洛浦靈光訝再逢靈光豔質傾城國

鉛華不御天生潔倦態非因宿酒醺纖肌似覺清愁切
貞專窈窕盛年華儀靜神閒出大家數盡歸期遲雁後
織成錦字遞天涯天涯雁後空凝注朝潮暮汐淒涼度
銀箭偏催白日馳金丹若箇紅顏駐紅顏易老別難逢
辜負繁英小院東萬字窗虛頻聽雨五銖衣薄不禁風
輕風蕩漾輕陰弱珊鉤深下重重幙舊燕新巢久未歸
畫堂清景增蕭索索莫蕭條強自支懨懨和悶倚欄時
夭桃帶笑呈嬌靨細柳宜顰蹙黛眉柳眉桃靨依然在
驕驄一去成追悔已是飄零荳蔻薰何當誤認蘼蕪采
蘼蕪徑僻草如茵蹴踘鞦韆取次陳生恐聞歌悲子夜

那妨溯水念伊人伊人遠道音塵隔蘭襟蕙思都衰歇
尺素稀逢六六鱗齊紈罷撲雙雙蝶鱗潛蝶避憾悠悠
碪杵寒驚何處秋落絮暗縈絲步障涼蟾遙映鈿箜篌
離邦去里途修阻娥臺寂寞吹簫侶花謝花飛總斷魂
簾垂簾捲渾無緒山頭石化返輕舸短景匆匆病裏過
司馬壯懷餘慘澹東陽瘦骨感消磨消磨綺興雙揮玉
横吹怕理相思曲一點犀心歎早灰三生鴛夢悽難續
夢破心摧掩象床嫣紅姹紫爲誰芳天芳不散維摩室
月帔長銷奉倩香香銷翠減嗟何及冬缸夏簟哀晨夕
七寶釵分鳳影單九華帳冷驪珠泣泣別傷離思黯然

彈冠京洛記從前却憐新婦磯頭水慣送征人江上船江船浩渺江風利光陰迅逐江波逝碧海常懸獨夜星翠樓忍說封侯事事往時移付永歎松貞柏悅自禁寒比目他生希並鰈迴腸今日悵文鸞鸞聲縹渺遲芳信腰圍寬却湘裙寸不教鈿合伴金釵可惜靑春虛綠鬢此時春夢了無痕此際春閨倍愴神惟有多情明鏡影房櫳日伴曉妝人

擬古

大造若夢我勞如何歡樂苦短煩憂實多有酒盈樽有墨盈池一唱三歎悲慼淋漓

佞者鼓唇舉世悅懌忠者剖心熱血徒擲拔劍斫地把
杯問天顏貧跖壽誰其主焉
高爵厚祿古今所溺白楊風悲終爲陳迹下士狗利上
士狗名羊裘獨釣亦矯常情
昨日易逝今日多憂天演人爲何怨何尤荷鍤乘化典
裘盡歡不醉無已達士深觀

酒後隨筆

淡月疏星夜二更半窗涼意酒懷輕何人慣弄高樓笛
遏住青霄唳鶴聲
秋思蕭條入夢遲鐙窗閒課女孩詩羨他柳絮因風起

五字流傳到此時
四壁蟲聲訴可哀世無永叔莫論才無端觸起停雲感
望斷衡峯雁不來
榴子甘香沁齒牙解酲聊當雨前茶偷桃聖手推臣朔
三至瑤池阿母家
盡日風微雨不多暮秋天氣勝清和分明大好中天月
却被輕雲障薄羅

長孫兆祥生詩以誌喜

正盼孫枝秀懸弧兆叶祥試啼偎玉雪載寢粲璵璋志
祝提戈壯才希跨竈強太翁培植厚預卜熾而昌

勤幹家風舊無慚燕翼謀欣聞譽頭角敢擬紹箕裘負杖心差慰含飴願竟酬忽思遺硯事禁淚一回頭

除夕

箭駛雙丸歲又過一庭且喜笑聲多窗明絳燭風初定座邇紅爐氣漸和貼戶春書憐腕弱增年臘酒愧顏酡辛盤夜署靈辰共驀見瓶梅綴玉柯

元日抱䄍孫書室小坐 己丑

先春三日歲華新早覺和風識面親虎踞龍蟠餘勝迹鶯嬌燕姹助芳辰芝蘭且喜延家慶瑜珥何當譽國珍莫謂江花老詞筆頌椒曾是舊吟身

伯姊懿娟送女櫬回南詩以慰之

話別涼軒夜漏闌爐香添炷燭花彈瑤華已逐罡風褰
金碗何當淚眼看邱壻從行徒惹憾衰親念遠若爲歡
依依尚有珠擎掌課繡傳經好自寬

課猶女及女兒作詩自拈得花字

待曉推簾覽物華一庭梅雪玉交加今春準擬花成錦
字仿簪花筆吐花 元旦

晶瑩凍雪積簷牙貂珥狐裘次第加底事壽陽嬌貴主
含章殿下臥梅花 人日

金吾弛禁夜無譁賭酒搜奇興致加猶記崑崙新奪得

歸來座上倘傳花　上元

節屆重三萬卉華，苔茵如繡集羣娃。采香拾翠無窮興，步步金蓮印蘚花。　上巳

一角朱欄倚暮霞，雨絲煙柳萬人家。獨傷華表歸來鶴，已見春城九度花。　寒食

寒食初過雨尚斜，風光最易觸思家。吳頭楚尾江潮隔，未免魂銷望帝花。　清明

盡醉蒲觴酒意賒，侍兒擘到雨前茶。五絲雙繫連錢結，也倣齊宮續命花。　端午

支機石載客星槎，河鼓牽牛各水涯。修到神仙轉多事

何如秉燭夜觀花 七夕
一鏡當空絕點瑕無眠獨對思無涯問他玉兎何修得
桂府長依不謝花 中秋
舊雨暌違水一涯伊人天末感蒹葭遥思此日登臨處
也自無聊對菊花 重九
新儲朔雪試團茶險韻詩成手自叉却笑清貧陶學士
遺譏黨氏帳中花 臘日
小窗幽靜鮮浮華七事無關但品茶爆竹喧闐醒薄醉
起燃高燭賞梅花 除夕

右時令

重重錦幛護穠華值得人間富貴誇莫怪阿環逞嬌妒
新妝原勝漢宮花　牡丹

香絲綽約冠羣葩不忿芳名近侍加瑞兆廣陵徵逸事
帶圍金颭帽簷花　芍藥

一片深霞間淺霞無言悄倚竹枝斜胡麻再熟春風笑
遮莫天台姊妹花　桃花

料峭輕風燕剪斜銷魂春色又東家伊誰妝閣調脂水
染遍消寒九九花　杏花

十里芳塘翠蓋遮亭亭嬌映臉邊霞洛靈皎潔西施豔
休認華清出浴花　蓮花

簇簇苔盆粉蘚斜晚妝香透髻雙鴉秦淮十里珠簾捲
萬字欄邊一色花　茉莉

水殿風來翠扇斜美人臨鏡惜芳華孟家錦帳重重繪
豔奪青城一樹花　木芙蓉

碧玉盈盈豔小家也依粧閣鬭容華東皇位置無高下
冶色天姿總是花　夜來香

右詠花

溚藹風中景物華柔桑一抹翠雲遮攜筐少婦亭亭立
爭似羅敷陌上花　採桑

手倦抛書午夢賒重簾低護篆煙斜尋常一種呢喃燕

偏向華堂絮落花 待燕

獻果呈瓜斂絳紗一鈎新月透頳霞無愁最是嬌憨女驗得珠絲頰暈花 乞巧

紛紛玉戲繡簾斜松竹棠梨一例遮嬌女學吟新得句因風洄溯謝庭花 課詩

右即事

夏四月率江兒旋湘小試

雛孫牽袂語牙牙轉覺還家似別家客送春歸春送客無情流水有情花

輕裝檢點載征車忽忽光陰改歲華記得來時新種柳

如屛如障早飛花

風催輪軸轉長沙會見迎門笑語譁舊雨重逢今雨隔
人生不易稱心花
客窗風景擅繁華歲歲朱櫻炫赤霞焉得一難相併合
故園松菊煦園花

舟泊洞庭湖聽雨

瀟水瀠洄湘水流聲聲點點助清愁夢魂已破羈人枕
燈火猶喧估客舟千古離騷空寫怨十年舊事怕登樓
靈妃一掬南天淚贏得斑痕竹上留

宿仲嫂宅話江寧近事

自折離亭柳三經歲琯馳停琴嗔雜曲脫帽悵愁絲未聚先虞散當歌勉盡巵春屏陳晚景淸切豔瓊枝我近横琴處爲君讀畫樓籠禽喧客俗響鐸替人愁一昔飄蓬感三生雪印留長譚更漏盡娓娓不容休

江兒入泮　君舅奬以善教敬獻一律

科名初博一衿靑家法相承仰式型就舉即今徵解帶爲箕有自愴趨庭敢言注目驚寰海但祝簪毫貢玉廷溫諭南來增感愧敎慚書學況通經

贈吳胡蓮仙女史　女史繪繡兼精晚年入道不茹葷酒常於吾湘世家敎習閨秀人爭迎之吾女廣璈亦其弟子

瀟灑潛江老畫師自翻新樣鬬胭脂管媛蘭竹嘉陵繡雙絕何當具一時

勝算尤爲濁世師芝蘭玉樹集階墀一舟遠奪瀛寰利范鑄南金冠掃眉女史繡品發行各省

豔說蘭閨女士師春風桃李燦紛披金鍼不惜殷勤度腕底持衡辨色絲

不用禪參玉版師天然妙悟徹三時仙家自有眞丹訣珍重黄婆好護持

過岳陽樓感作

五年三過岳陽樓未得登樓一遣愁九水風帆煙際隱

四山雲物望中收徒聞幻蹟乘黃鶴幾見名心淡白鷗
我亦常言除懊惱雙眉待展郤成鉤

泊武昌

勝地頻經感慨多漢陽煙樹自婆娑當年一炬功何偉
此日千尋鐵已磨畫裏江山空虎踞閒中歲月悵烏過
阿瞞畢世稱英傑橫槊詩成意若何

擬省嫂氏不果賦此代柬

飈輪碾鐵太匆匆咫尺淮潛路不通正擬郵書傾積愫
天風偏阻北來鴻

兼旬苦雨暗江城萬頃煙波阻客行兩岸蘆花數行雁

最難消遣此時情

白門秋柳步漁洋山人韻

靑絲依舊綰愁魂無限蕭條燕燕門悔覓封侯空有恨情傷昨夢了無痕孤鴉影斷淸溪渡暮笛聲傳黃葉村欲向西風訴搖落六朝景物怕重論

板橋人跡又輕霜一片秋心感畫塘玉樹重聽悲按譜羅衫乍試怯開箱長顰眉黛思張敞瘦損腰圍媚楚王紅粉飄零詞客老永豐莫認昔時坊

寒衣轉瞬換春衣塞外風沙想像非灞岸千尋流水遠陽關一曲故交稀征人繫馬魂空斷少婦登樓思欲飛

題杜可憐舊風格不堪身世鎮相違
徐娘姿首劇堪憐如夢如塵颺遠烟細葉幾經風作翦
輕陰重憶雪飄綿離多慣負芳菲節事往徒傷種植年
去婦莫禁牆外感一般憔悴畫樓邊

和惲太夫人落葉原韻

斗酒披林記聽鶯凋傷玉露又秋清三分慘澹凄涼意
一片蕭騷淅瀝聲紅樹江村無限憾碧梧庭院不勝情
榮枯消長浮塵事惟任雙丸自運行
掃石留題興自佳曲高和寡費調排供炊漫切添薪感
督課同殷畫荻懷叢桂飄香時幾許焦桐入爨憾長埋

浮生大抵蕉陰鹿不用南柯問故槐
翠黴黃落倦登臨棖觸當時借綠陰南國蘋蘩留概範
西風蓬梗悵浮沉霜清藥圃秋光老波渺銅庭暮色深
翹首孤松拂雲表後凋堅礪歲寒心
哀蟬淒切亂簷鈴禁雨禁風處處亭似逐江梅催笛弄
待敲園籜和簫聽殘陽古道輪蹄軟冷月虛廊步屧停
自此冏黃消息轉桃漿菊酒駐長齡

元日試筆 庚寅

桃彩迎新序風光別樣鮮爐添茶味釅冰泮墨花圓荔
粉呈清供松枝篆碧煙玉龍千萬億來賀歲華遷

新柳　用漁洋山人秋柳韻

柔枝婀娜颺春魂和雨和煙綠到門裙幅舊迷芳草色黛眉新暈遠山痕桃根桃葉嬌迎渡江草江花不斷村曾是六朝金粉地錦帆遺事重評論

鵝黃新染斂晴霜蝶鬧蜂圍十錦塘碧玉盈盈劉氏宅藍衣豔豔李家箱淮流不爲分今昔燕子猶知說謝王金勒倦遊歸正好青陰猶勝碧鷄坊

蠻腰一捻掩銖衣陌上新愁是也非棲到黃鸝猶翠弱迎來紫燕未紅稀莫驚玉笛臨風怨準擬晶簾作絮飛情盡橋邊情不盡攀條休使素心違

幾經裁碧助人憐廿四紅橋鎖綠煙薄浪三篙催放棹
香塵十里感飄綿歌成豔曲嬌春色嫁與東風炫綺年
殘月曉風何處岸不勝惆悵落梅邊

分字偕諸姪作

空庭月照樹迢迢鄰杵聲殘俗抱消南浦人歸悽折柳
西齋雁別恨彈蕉金卮把酒酬今日冷壁吟蛩話昨宵
偶逐星槎探牛斗仙城雲錦豔詩瓢
竹箭筎灰改歲華又看煨芋代浮瓜元裳入夢鳴飛鶴
寶鏐騰輝掣怒蛇鴻雪三生驚舊迹鷗萍一昔愴天涯
瓊樓玉宇高如許望斷仙雲渺客槎

對鏡

似月分明對月愁，芳華都倩一奩收。無端冷被姮娥笑，未到蒼年已白頭。

莫愁湖

南國佳人小字訛，莫愁眞箇奈愁何。芙蕖凋謝秋光老，空對餘香憶襪羅。

賜閒湖上本君恩，鑄像庭前亦士心。將相美人同不朽，未能寫照笑枯吟。湖亭供明中山王及前清太傅文正公像

桃葉渡

一抹斜陽曲水前，渡江軼事記當年。詩人老去江山改

姹粉粗釵賸可憐
桃根桃葉豔朝霞雙槳迎來姊妹花到底美人遺韻在
幾艘煙艇亦風華
詠垂絲海棠
乞得輕陰又幾時檀心脈脈繫柔絲不勝秋怨愁如訴
未足春酣倦不支選韻杜陵芳躅杳藏嬌西府豔名馳
銖衣絡索遲徊聘燭底紅粧頰暈脂
詠白桃花
尋春崔護暗銷魂縞袂翩翩月下門浪點三篙迷鷺嶼
溪流一色澹鷗村窺簾豔奪因風絮沁雪香留靧面盆

遮莫楚嬪緘素怨斜欹竹外靜無言

詠杜鵑花

幾多哀怨溢容儀寂寂孤芳儷楚離掩映空山紅欲染分携廣袖豔生姿朱欄日暖新妝靚故國春殘舊憾滋數盡花番歸不得祇餘清淚濕臙脂

詠梅花

生成格調傲嚴霜不待春催獨自芳珠邻樓東憐小字花飛簷下豔宮妝銷寒有鶴陪清夢鋤月何人惜暗香相國石腸和靖癖詩才雅抱孰爭長

明妃曲

王家有女傾城國不恃黄金恃顔色九重深處未深知
芳華苦憾春風劣自古承恩不在容況復權衡俾畫工
金輦絕塵悲草碧玉壺凝淚感冰紅一朝烽火催鼙鼓
四塞倉皇困胡虜士氣衰頹戰鮮功王心震蕩思無主
廟廊建策空自神不仗將軍仗美人議款和親權媚敵
割恩示信忍忘情辭樓下殿匆匆去動容悔煞丹青悮
胡兒異俗重新歡漢女貞心循舊度連天衰草捲黄埃
青塚年年自綠苔祇今一片荆門月猶照琵琶萬古哀

題美人畫屏

報怨承恩事兩途誰知霸越即亡吴捧心別有驚心事

抉眼胥門話有無 西施

霸業須臾困楚歌鴻溝錯畫悔如何虞兮肯爲重瞳死灑盡英雄淚不多 虞姬

匹馬匆忙別漢宫琵琶一曲怨懷空班姬團扇長門老悞筆尤當感畫工 明妃

慚愧長生夜半盟連枝比翼不勝情金釵鈿盒終塵土未卜今生况再生 楊妃

詠古分題

願輕性命愽浮名抱璞窮途苦獻誠卒使奇珍重當世秦廷完璧迹雙清 卞和抱玉

英雄結契最分明莫笑分金事不平若使此情施此日
我猜管氏偏寰瀛 管鮑分金
一履雖微主塞通圯橋三進異常童可憐鐘室千秋恨
盡在先生暗躡中 圯橋進履
盡瘁堅爲六出謀怪他敵壘慣深溝遺巾豈獨譏司馬
天下庸才合共羞 諸葛遺巾

秋望

別也無涯會有涯鄉心悵觸感蒹葭圃留傲菊驕秋色
嶺秀喬松冠歲華白日難追淮水逝黃昏易近夕陽斜
任教廣厦千間覆斗室繩牀莫問他

歲暮奉　君舅神櫬南旋中途遇風補記險狀

大星韜彩雪霏空霧慘雲愁慮莫窮回祿甫銷南岸火是夜南岸大火石尤又鼓北來風。是夜風浪極險三鼓始得安泊全家骨肉顛危際舉室盎盂震蕩中飛到蘆陵剛漏盡靈旗招展一燈紅

輓長嫂王夫人嫂以庚寅臘月卒於無爲州署辛卯

溯自輧車降徽音播里門椒花工作頌樛木廣推恩案爲阿兄舉情逾小妹敦高堂遲暮景朝夕賴恭溫刼歷紅羊後饔飧費忖量縫裳疲弱腕握算轉柔腸屋久牽蘿補羹猶洗手嘗臣家桑八百片葉未摧傷

穎阜風淳樸鳴琴治有餘吏賢蝗越境天兀蜃淩虛黃溜趨無定蒼黎甕鮮儲側聞珍御減嘉惠遍窮閭姪劉承緝署阜陽因黃水免征賑整甚鉅姪傾囊不足嫂悉解簪珥以助之恰喜花封接賓鴻不斷翔蘭橈初共渡菊約近重商何意星沉婺當余木壞梁阿翁棄養忘年姑與嫂握手竟無方

六月念二夜紀夢

地下埋憂憾已長人間視息倍神傷從知寄鈿分釵事事隔仙塵念莫忘

夢自迷離性自明依然鴻案話平生十年劍別珠沉慟醒枕猶餘涕墮聲

牽江兒清檢　阿翁遺稿內多散失感作

百戰功成大業恢，南天星隕九重哀。吉光片羽傷零落，丹史青珉待主裁。德述前謨才不易（主修者頗難其選，因自纂集一通），炊資巧婦米何來（經費不足，久未成書）。當時誰任扶風筆，桃李門前仰舊栽（忠襄公門生王鼎臣觀察自任纂修年譜）。

春日偶成　壬辰

東風吹綠上芭蕉，雨聽西窗碧玉敲。記得江南櫻熟候，珍禽如錦集林梢。

容易春歸悶倚欄，羅衣欲試尚禁寒。不知園柳曾何憾，也自逢人蹙黛看。

銷夏分題

曾逐榴花馥綺筵動搖懷袖試新編齊紈皎潔秋同詠
越紙芬芳爽共延却暑何希鵰羽貴引年應在鶴翎先
廣寒宮殿人天隔凉友招邀亦勝仙　蒲扇

横楣一桁碧陰稠薄透清風冷送秋細節參差迷燕宿
湘波蕩漾逗螢流此君坐對差忘俗有客觀棋欲上鉤
綠綺琴調解餘慍低垂還爲晚香留　竹簾

夜坐感書

繁華倏消歇馳念感天涯花鳥名園別星霜暮景催雛
孫空撫硯巧婦莫爲炊何日勞薪卸青燈一卷披

元日 癸巳

餘寒消未得，春到已兼旬。爆竹除殘歲，屠蘇愧老人。掩關辭賀客，從俗祀財神。一笑呼如願，今朝倍爾珍。

懷煦園

千秋名勝豔南朝，煙水迢迢廿四橋。傑閣崢嶸瞻聽遠，清風夜夜送瓊簫。

清涼山畔翠微亭，鵶陣穿雲最耐聽。恰與層臺相對峙，嵐光靄靄照人青。

石城楊柳綠如煙，惜別髫年又暮年。刼歷滄桑風景異，捉花吟絮總茫然。

五載棲遲歲月長名園風景足徜徉花明柳媚無窮勝
可惜金烏易夕陽

端午

庭柯寄傲幾何時三見榴花照酒巵纑線五綵延寳命
朱旗一色弔湘纍衣裁細葛清無汗草長金萱喜放眉
獨愧蕪才懷遠道好辭辜負孝娥碑

遊屈子祠

瀟瀟寒雨黯清秋澧芷沅蘭倍餉愁九辯吟成天莫問
空將餘憾託湘流

遊賈太傅祠

文帝高臺已𡊮灰叢祠猶峙楚江隈千秋得共靈均語惜誓離騷總絕才

冬夜偕吳蓮仙茗話

長夜不成寐披帷起盤桓屋梁月始落積雪明簷端爐火失紅焰狐裘仍自單時候當閉塞萬籟俱闌珊愧我蒲柳姿望秋增頹顏羨子松柏性元修禁歲寒春風幸時接杯茗攀諧談子有管媛技竹素揮綺紈我有江郎筆花夢生夜闌敲硯一相較驪珠誰獨探

人日　甲午

無聊酬應逐年删剪勝窗前意自閒幾幹松枝扶竹立

半墻苔色待春還塵勞最易消清興丹訣何從駐病顔
戲逐兒童觀白打低昂互角笑蝸蠻

女伴招遊浩園因病未果

幾絲煙柳欲斜陽倚枕枯吟遣興長草綠瀟南懷舊社
花飛硯北感流光逃禪欲懺生前刼却病難尋肘後方
說與諸姑應絕倒梅開杏褪不知香余一冬常患鼻塞

講讓堂舊宅近爲龍氏僦居招飲誌感

雙桐靄餘蔭拂我當時樓瀟瀟北風涼振枝愴窮秋逝
者長已矣生者日煩憂百慮煎我懷萬象觸我眸空有
盈觴酒對景不能酬

中秋待月

分外光明未覺明舉杯遥佇暗愁生蓬瀛清淺無塵到辜負仙槎一例横

金粟前身證再來棘闈無分莫論才嫦娥亦抱幽閨憾寂寞雲容掩玉臺

雨雨風風黯澹天累他三五不成圓分明一幅重陽景移到中秋劇可憐

重九大雨

鎮日風楱纖雨絲悄寒天氣授衣遲持螯泛竺無邊興可惜黄花尚未知

何事司天失斡旋年年風雨阻裁箋分明多士辛酸淚釀作愁霖玉宇前

寒夜憶瓛兒 是秋于歸左氏

經年壓線罷閒吟祇覺塵封硯匣深今夕拈毫轉惆悵憶兒心勝作詩心
半窗寒月照離痕倍念溫言侍玉樽咫尺康衢天樣遠一般暌隔繫朝昏
事任勤勞悶解憂謝家嬌女異凡流而今一種無聊意祇有寒燈可訴愁
女孫明嫿解依人學繡塗鴉絮語頻多恐又增他日憶

幾番回首暗傷神

長至

流電催韶景華添鬢影衰蓮珠方矅襄一線驗陽回應
候呈丹荔調脂染素梅嬌兒新作婦獻襪仿西裁

元日寒甚 乙未

又增新歲轉踟躇視昔心情似不如粟起吟肩將近酒
花生倦眼罷臨書遲春未覺貂裘重舊雨還儕雁帛疏
一事告人差自慰北堂華日豔萊裾
香溫茶熟掩柴關覓得清閒且自閒讀罷蒙莊輕富貴
呼來如願任癡頑祭詩早愧吟懷減傳坐何妨俗例刪

爲祝春風好培植眼前生意透幽蘭
雪積庭柯照眼明窗前圖史儘縱橫窮年枉自搜千卷
投老猶難熟兩京殊少智珠參慧業偏多愁網絡懸旌
觀雲曉起詳占驗所願時和物價平
竹馬金獅歲景賒嬉春童稚競喧嘩型家久屏呼盧戲
剪綵初逢獻雀嘉漫擊條冰烹活火儘傾醉墨寫芳華
午餘博得開顔笑愛女歸甯轉鈿車

詠水仙花

秀發霜寒月冷天似和青素鬭嬋娟幾生修到梅同潔
半面粧成玉共妍道骨消除塵外滓仙心解識靜中禪

黄初賦裏淩波影儀態婷婷出自然

鶴齋四姪病歿粤東追悼四章

門衰祚薄竟如斯傷逝頻年不盡悲異地親朋殊索莫他鄉稚弱孰扶持湘山綿邈魂空返粤嶠迢遥弔豈知菽水未能資禄養翻教老淚溢重闈

浮生若夢幾欷歔重憶蕭齋共硯初古室瑯環摻一酉寒窗燈火惜三餘自從遠别安秦贅無復窮經究魯魚筮仕廿年仍故我嗷嗷八口待何如

羊城隨宦一星終骨肉天涯紀再逢我本多憂情慘淡汝方負疾意疎慵論文莫鼓當初興道故猶嗟别後踪

今日可憐賢德躍分釵亦抱憾千重
詠歌消歇竹林寒日月詳明忍細看此日攄辭悲玉樹
當年饋食異銅盤燃藜世業成辜負肯構心期付渺漫
終擬取琴歸故里九原懷抱望先寬

題洗桐圖

堦下雙梧桐盤盤青可愛博彩伊何人科頭坐張蓋二
童髮齊眉短衿窄腰襬汲水儲廣甕挈之以鞶帶大童
緣樹升小童立株待勒袖揮淨君清泉瀉沆瀣滃葉復
滃枝盈盈碧如黛莫笑閒中忙忙中亦天籟來棲白鳳
凰仙凡何限界

題花卉畫屏

葉葉花花綴樹頭不教零落逐溪流武陵客至春風笑一放仙源更幾秋　桃花

不用東皇費翦裁生花有筆助花開春衫試罷天微暖似有香風拂面來　翦秋羅

傾國傾城是也非玉堂春好錦成圍貍奴穩睡林陰靜蝴蝶一雙花外飛　牡丹

柔絲裊裊漾晴煙點染春妝別樣妍應是九華新睡起霓裳飄翥欲凌仙　垂絲海棠

羅衣葉葉繡難成風露淸愁一水盈若個臨江搖佩影

人花境界不分明　芙蓉

點綴疏籬別有芳陶家風味自淸狂一枝坐對心同澹
不爲秋人助晚妝　菊花

生小花中獨愛蘭愛他貞色耐尋看而今寫入生綃裏
更稱薰琴一曲彈　蘭花

八寶池中十丈蓮非空非色自娟娟何當繡佛繙經外
又許重參畫裏禪　蓮花

冬夜憶璈兒賦寄漢陽

孤檠熒熒焰欲斜一編貝葉却繁華未能心悟傳燈旨
轉覺神馳別浦涯四壁風聲催木葉三分雪意釀梅花

遥知漢上題襟客應悵湘雲兩地遮

送璣兒之使由漢歸病榻展書感成二律

病榻逢歸雁開緘首重低一從車載道三見月臨閨伏枕憐雞唱聞簫憶鳳棲晴川好煙樹應否入新題

兀坐燈爲伴銷寒夜正長有懷思遠道無夢到愁鄉月是今宵滿梅如舊日芳幾時東閣啟清景共平章

春雪寒甚 丙申

病枕無眠夜春風送六花寒衾仍瑟縮短檠自欹斜莫覓三年艾空添兩鬢華遥憐所嬌女此日正思家

懷左氏女寄津沽

去年遣汝嫁摒擋瘁心力既嫁刻相憶忽忽如有失雖云遠晨昏猶幸居咫尺轉恐系兒懷強辭相慰藉今玆別我去再見知何日矧值新產餘顏色尙枯瘠趑趄滯我胸宛若層冰積惟當禱皇穹佑汝體安適婉順依舅姑和柔事夫壻藉寬倚閭心黽勉度朝夕

女子既有行安望日相處我所最難堪弱息僅存汝況能嫻內訓步步循先矩鍼黹賴汝承書數賴汝輔煩憂賴汝排興致賴汝鼓一旦遠我前抑鬱獨誰語思之復思之掩袂涕如雨

自送汝登舟一日寒一日甥孫甫彌月尤當保護密從

行一病傴烏足供驅策汝又體孱弱殊難自勞力嗟余此時意豈獨感離别我身雖居南我心實在北旣無縮地方又鮮晨風翼緩急不能應引領長太息汝行囑諸姪長日依左右大者甫齠齔小者更孩幼惟知覓梨棗憨跳捽襟袖女孫稍解事妮人教挑繡亦不善藏愁念姑眉叠綯未得銷吾憂轉費愉辭就無奈歷衾眠竟夕數殘漏

讀莊子

巧者常勞智者憂莊生緒論出人頭我生疏懶兼癡拙底事靈臺亦貯愁

題春水綠波圖

一碧淪漣畫舫前游魚唼喋浪花圓無端寫入文通賦不是傷離亦黯然

喜璥兒歸

報道鈿車至趨迎步若飛相携當晝旭始信是眞歸掠鬢詳疏密圍腰較瘦肥別懷談未半已覺漏聲稀

自汝離邦里淒涼遣歲時目昏慵展卷齒病罷銜巵撫序愁如結逢人淚欲滋慰情憑尺素偏是慣稽遲

喜得邋歸信囊滄為一淼轉憐馳黑海未免困朱炎不易心旌定何能夢境恬可知玄鬢影斑白早相兼

今夕知何夕盈庭笑語稠紅牙重按譜綠酒共傳籌床
坐西閒閣妝添舊日樓同思前度別秋水尚凝眸

左世嫂常夫人贈詩依韻步和

正切投桃愧瓊瑤敢拜嘉令儀三徙愼經術五科誇驥
子金爲質龍孫玉鮮瑕蕪辭初贈答氣格仰方家

步昌黎韻奉答左世嫂

長鯨跋浪渾銀河海風萬里揚驚波狂瀾浩渺挽無力
還當鼓興哦君歌君歌沉雄淒復苦咳唾九天雜風雨
君行尤爲千古高琴鳴漆室哀蟲號孤飛黃鵠三十載
萬緣寂滅如禪逃蔬食自菲絕旨酒虬脯厭細龍睛臊

十年丸熊培驥子巍然一鶴飛雲臯衡湘咫尺接鄉里
尊人撫鄂爲鄂死我父亦惟忠骨還浩然正氣聯清班
從此孤星晦閨閣渾忘國際蝸爭蠻今宵杯茗溯遺事
同聲一哭華鐙間請纓曾聞林與冼晉明以來誰躋攀
家艱國憾餘悲歌歌成幸未逢催科惟君與我迍邅多
安常守分遑言他杞人憂天將奈何

中秋遇雨疊前韻

山雲樓起昏明河狂飈飛揚鼓澄波仙橋未駕霓羽寂
蟬寒露白遲清歌人生遭逢殊逸苦月華盈虧間晴雨
蒼煙微茫紫穹高秋聲在樹金鐵號青天有月不能到

愁來我欲清虛逃夜光之珠若可得燦爛或異蚖膏膆
讀史論文盡吾樂微名豈必希夷臯鄉居貽笑株田里
宦途又苦奔忙死國勢人權難再還委蛇強半廁鵷班
中朝垂謨歷今古轉與夷狄爭文蠻棘闈掄才異趨嚮
維新革舊紛紜間明明丹桂植天闕高材捷足斯追攀
未能遣愁聊放歌一杯在手榮登科連冠貢籍當年多
瀛洲淸淺今猶他但醉不問夜如何

步潤玉女史原韻　玉遴李太史玉坡直隸人

擫笛宮墻久覔裳調獨高阿兄誇羯末夫壻冠詞曹憶
昔經烽火曾同避鼓鼙迍邅一回首有淚下襟緌

暮春雜感

鶯聲老去未鳴蟬九十風光尚眼前在昔遭逢嗤鹿夢
祗今因遇咽蠻牋生憐宿雨催桃浪不喜輕陰釀柳煙
銷盡水沉簾不捲靜聽殘漏滴銅蓮

一編坐對靜忘機多病深慚記識微有限年華愁裏度
無邊春色雨中歸冰蠶老去絲猶在梁燕重棲夢已非
劍別珠沉身世感祗增忉怛對斜暉

畫欄杆外雨淒淒碧草春波一望迷釵影臨窗欹玉燕
篆煙如水冷金猊新愁別苑悲花落舊憾離庭悵鳥啼
正是餘寒禁不得輕風簾幙響雙犀

紙箋泥爐代謝忙僅催青鬢點繁霜慵開蓋篋尋鍼帖
却倚薰籠暖繡裳到眼鵑紅都化淚入懷爵串不聞香
牡丹憔悴棠梨老誰向通明奏綠章

與重伯姪話江甯近事

滄桑重話慼人多斷梗殘魂思若何玉壘烽煙馳雁塞
畫船簫鼓逐鷗波名心早爲迍邅滅勝地回憐少小過
八百湖光千萬刼碧雲何處訪瑤珂

和菊生再姪韻即以壯行

漫因薄宦費歔欷有日鵬摶願不違天末晨星縱寥落
雲間獨鶴自巍巍事懷已往愁腸結人到將離去志微

五十餘年存舊業，可憐蔬布苦重闈。

宦味鄉心孰重輕，層波起伏戰風旌。武昌春到江魚美，衡嶽霜清旅雁征。撫硯何堪憶疇昔，開樽況是敘離情。中郎久已誇阿大，咸籍行看互競名。

菊生爲雪阻不能解維賦詩索和

寒缸夜剪再摛詞，未得舒眉轉斂眉。萍絮浮踪憐小聚，竹林往迹觸深思。嗟予潦倒凋雙鬢，念汝星霜賦載馳。此去吳中姜被暖，家風孝弟好爲詩。

琴劍飄然畫舫輕，形雲釀雪阻吟旌。初聞慨慷歌東去，未免蒼茫感北征。金躍冶爐終有待，楊承重笏豈忘情。

家駒千里相期久願見他時患盛名

菊生自皖寄詩依韻再和

總軍懷抱長卿詞五桂門庭有白眉捧檄暫爲將母計陳情不忘報劉恩乙藜已似重陰暗禹寸還如爍電馳莫羨步兵長縱酒弓衣珍重織文詩

奇探灊霍客愁輕我恰重懷舊羽旌星實長天存懋績江寒逝水已雄征撫時莫盡興衰感避地尤憐少小情枯硯自敲仍自訟頹齡何意務浮名

泳舟姪之三子昭掄生賦詩索和作此以應

氣骨眞神似三君行孰先大椿榮盛歲嘉樹植初年秀

擬生從嶽庥徵臥看天筆文兼得授佇盼續貂蟬
貽厥承三省家聲弈葉存逢人誇驥子溯祖慶雲孫杞
梓應珍席襜梨恰並園靨書傳故里如見笑言敦

江兒應禮部試寄詩勉之戊戌

強自窮經遣歲時愁痕入鬢漸成絲何當凍雪瑤空霰
倍念飈輪玉海馳別賦兩吟增黯澹文場三戰好支持
廿年辛苦丸熊意佇盼聲蜚五鳳池

書湘報後

勤求實力屏浮華經濟文章屬望奢金冶鐵輪方待創
米珠薪桂早興嗟雙趺快擬更齊俗七誡新期仿大家

愧我補苴無別藝，聊開荒徑種桑麻。

共姪孫女瑩娟夜話　己亥

越秀峯高桂水深，賓鴻錦鯉慣浮沉。十餘年別今朝聚，未免馳思悼竹林。

記得榕城聽晚潮，依依伴我遣無聊。藏鉤韻事浮球慧，舊事從容話此宵。余隨阿翁廣督任，鶴齋姪任粵東通判，瑩娟姊弟常來督署小住。

大抵家居勝旅居，莫教凝黛日躊躇。芭蕉綠瘦櫻紅倩，坐我西窗興有餘。余昔居分綠窻，近爲瑩娟妝閣。

澹煙疎雨釀輕陰，一桁湘簾草色侵。知否阿連好詩筆，池塘佳夢又重尋。菊生再姪善詩。

銷夏回文

差參燕剪濯輕波岫遠蛾痕斂黛螺絲藕雪盤珠辟暑火螢流素扇裁羅棋敲靜苑幽懷遣曲譜閒窗綺韻多時步小亭空挹爽枝横竹影翠婆娑

詠雪回文

殘霜釀雪霰遥天亂舞飛龍玉萬千丹橘孕青懸幹曲老松蚪碧蔭峯巔團冰積水池開鏡弱絮飄衣地襲氈寒夜集賓徵席右鬮鬭門潔素儀鮮

春閨回文

闌春送雨小樓西卦卜閒窗畫燭携孀步屧輕羅襪軟

晚妝梳掠玉鬟低寒驚弱羽鶯藏樹粉墜空梁燕啄泥
難託遠鴻書繫帛彈珠疊翠掩紅啼

四時回文

華年惜別憶清絃蝶幻春遊夢擬仙花壓半欄囘暖日
鳥啼深樹鎖霏煙紗屏馥麝香籠袖鏡匣翔鸞玉琢鈿
遮莫影簾重絮語遐程客緒意纏綿　春
遲飛燕影隔簾波刻漏增長晝夢多絲雨縷青垂線柳
片風凝碧點珠荷棊敲冷玉調冰碗扇倚新涼襲袖羅
時坐小牕書味得奇搜靜旨意如何　夏
重關暮度雁書傳永夜秋聲和管絃松繞白雲留半嶺

蓼涵紅露滴前川慵歸客話長途雨急響鐘敲遠寺烟
蛩砌泣寒催剪尺縫衣未到早霜嚴　秋
寒銷夜漏刻添籌剪燭紅窗小唱酬殘菊傲霜留勁節
瘦梅妝雪艷明眸瀾翻淺碧茶爐燰螘泛濃醇酒甕浮
彈瑟錦屏圍雀翠檀沉爇篆馥衣篝　冬

和重伯姪回文

霏霧晴煙輕靄樓綠波湘水剪明眸飛飛燕影梁添壘
恰恰鶯聲玉振鈎微夢舊遊春拾翠綴歌清夜客紉愁
薇庭綻蕊花含露絲柳垂青搖碧甌

和俞明詩女史回文

霞餌清詞春唱酬絮庭風致雅低頭華鬘挹露芬蘭砌
鳳朶呈文蔭竹洲花啄燕泥香散綺柳藏鶯囀巧關愁
釵斜玉韠雙聲叶幼婦才宜仙侶儔

冬夜書懷回文

斜欹鈿影避燈闌刻漏遲敲夜雨微茶鼎雪溫初葉落
墨池冰泮未花飛華年感悟人中景幻夢詳參物外機
家近夢歸懷遠道車塵碾路曉煙霏

分綠窗詩鈔三

長沙劉　鑑惠叔

夢遊仙歌

夢魂縹緲仙塵分寤時似幻覺似眞漆園之蝶槐安蟻
往往造境勞形神大羅兜率杳無際列子天風宛然御
琪花瑤草香叢叢蟠桃艷奪朝霞紅玉扃鏗然響金鑰
三千珠闕仙韶作木公金母聯翩來青鸞引吭雲旗開
西池遠接銀河岸上宮佳麗如雲粲我亦忘形趨步前
娥英青素歡相延情談似有三生舊瓊漿迭進金丹授
漿滌煩疴丹駐顏蒲姿不怯秋霜寒寒更偏易驚殘夢

夢回依舊香衾重模糊記得相贈言佳果必自良因種

讀漢書偶作

進履三番意靄如少年盛氣久消除如何熟讀陰符客
博浪椎猶中副車
眞王未得假王休自古勳臣少白頭悍婦持家功狗盡
豈徒遺憾後車四

詠雪

歲事闌珊短景催六花封徑獨登臺纖芽待臘柳微茁
勁節淩寒梅自開枚叟妍辭徵舊賦謫仙高調託新醅
南華夢覺仙塵逈惟見庭䳺舞素埃

彤雲疊疊罨長空珠闕瑤臺一望中黃鵠歌殘嗟顧影
黑貂裘敝悵臨風秖堪高卧希袁懶那有清才擬謝工
相對莫禁頭白感禦寒聊伴小爐紅

聞都中拳匪肇事感書

遍地紅燈妖讖合兵稱首善震全球鄰封久已耽雄視
左道何堪與國謀函谷一關仍洞敞狂瀾百丈更橫流
軍儲匱乏讐仇衆郭李何從展壯猷
水旱頻年生計絀何堪兵革又相尋遠驚直北夷輪集
近悚湘陬伏莽深榆塞烽煙悲旣往蕪亭麥豆感而今
吾家先德承忠孝憂國尤勝漆室心

吳瀛川姪壻奉使來南展慕陶姪手書

北道烽煙連七月雙魚忽躍喜猶驚悽涼從嫂焚廬刼愴惻阿咸避地情儘自凝心津海捷何堪觸目順民旌撥磚運石朝衣汚誰向蒼穹訴不平悍族無端興浩刼一朝倉卒礙宮車少常碧血輝彤史元老丹心秘簡書北顧金湯搖撼際南歸親舊死生餘不成西笑翻成慟憂墜憑人陋杞愚

薌生以悼亡詩索和賦此以應

經年圖畫喚眞眞已是難求碧落人鍼線猶存環珮杳紗窗回憶憾無垠

花易凋殘月易昏豈風一霎散香魂芳徽未使長湮滅
賴有安仁誄筆存
仙山縹渺五雲深青鳥高飛莫寄音長使文簫悲獨坐
彩鸞應悔出塵心
天居離恨遠人寰釵鈿光寒誓未寒忍聽嬌雛啼欲絕
昇仙容易懺情難

夏四月中丞大閱紀事 辛丑

光緒辛丑夏四月大帥蒐兵較優劣槍聲隆隆金鼓喧
喑嗚叱咤如霹靂樂起韜鈐賁育勇整肅儼然臨大敵
崇朝至暮始畢呈觀者歸來競申說若者劍戟凌霜華

若者戈矛昭日色若者砮箭穿石礎若者刀牌勝堅壁逃者聽者色飛舞我獨不禁長太息氣非不壯藝亦精所嗟戰伐今殊昔以之靖内或庶幾以之禦外徒虚設君不見去年拳匪擾京畿各國強軍勢聯綴緣氣磤發天地昏血薄肉飛屍枕藉翠華西幸何時還關城一失難再得餉絀兵單器不利茫茫何計紓君國大憝未除小醜競幾於遍地皆荆棘中興誰致亂者誰長歌當哭空激切

輓粟烈女

女字同邑王生未婚而王沒父母秘之擬别締

絲蘿會小妹漏言女聞大慟請歸夫家父母不許女於夜半執笛秉燭投池死有傳徵詩賦此以應

翳彼閨彥出自德門天柱以立地維以尊舍生取義殺身成仁浩然正氣萬古絪緼一解

粟氏有女幼而好禮孝以事親嚴以律己笄而字兮禮有徵命而醮兮經所紀詎郤扇之未吟倏溫臺兮玉毀生者何所歸死者長已矣二解

事難終祕密語俄聞行權父母慈守經女子貞念陳言之莫違忍違訓以獨生芳塘之水淸且淪葬兒骨兮明

兒心吁嗟乎王郎鑒此精誠　三解

凛若霜與雪皎若星與月掩泣長辭二親側一絲已繫

寗改轍從父從夫義毋越有弟奉晨昏有妹供甘潔中

懷坦坦鮮牽涉干將鏌鋣同此決　四解

執我管笛秉我燭照如竹之堅似燭之耀大節無猶疑

上乘有精造三千大千粲然微笑　五解

噫吁兮兒身雖逝兒節幸彰教之誨之自我高堂父兮

母兮勿爲兒傷父兮母兮勿爲兒傷　六解

次孫女至外大母家小住書此寄之

謝庭飛絮罷清吟龍弟朝來念姊深今夜閑階好風景

迷藏待汝捉花陰
春色迎人纔幾日玉階新綠已芊芊予生早被離情悞
小別經旬亦黯然

拜月詞

拜月秋階月初上玉露金風助清賞漏盡參橫斗欲斜
飛螢耀影流窗紗倚檻徘徊不成寐花雨繽紛屑丹桂
月到中宵月倍圓珪璘宮闕高雲煙西池靈藥如可乞
我欲輕身造無極

題王鐵橋表姪孫雲蘿吟草

瑯琊家世好丰神法護僧彌萃一門學貫中西徵夙慧

詩宗溫李黯愁痕江州掩泣原非意栗里閒情亦寓言珍重雲蘿詞賦筆早删綺語奮鵬騫

歲暮遣懷

節序匆匆近小除男錢女布費躊躇六花幸已豐登兆十室無憂儋石儲但遣嚴寒銷斗酒不辭凍雨翦園蔬趨時莫免盤魚饋僕僕塵勞何日驅

一冬寢疾醉司命日始離病榻匆匆部署年事書示兒婦

藥裹深藏貯庭閭漫掃除禦寒先製褐佐餕早儲蔬檢點桃符換躊躇歲計餘仔肩將汝卸留意慎毋疏

記我來歸日君姑宛轉憐車機詳指示錢布許衡權礅
獻容常靄棃蒸性不慾至今懷令德猶覺意凄然

元日 壬寅

春催歲琯慶調元霞耀天清氣候温綵絢萊衣娱壽母
歡騰竹馬聚雛孫誰當奪席窮經義我自吟椒佐酒尊
恰喜左芬擕宅相晴窗把筆頌嘉言

贈左氏長外孫

左氏有佳兒厥爲我自出濟水鍾靈秀試啼識英物名
駒毓相第軒然異庸俗廣額復重頤精神聚雙目少小
儼成人見客無畏縮拜跪肅儀表應對不兀突殷殷篤

親誼居恒自留宿問話必窮源遇器必窺覆連枝各弟
妹聚處尤緝睦慣讓孔家梨每均陳平肉不好嬉戲具
惟喜文房屬書能辨魚魯畫解寫蘭竹見筆即揮灑琳
瑯滿篇幅視此岐嶷姿定作豐年玉入曾出亦藺佇見
箕裘續

臥病

蜉蝣天地寄須臾貝葉經繙萬象俱是法是空心即佛
從楊從墨理歸儒哦詩未領鳶飛妙弄筆貞成獺祭愚
五十年來身歷境莫窮蠶極問榮枯
不待知非始自知飛雲倦鳥獨怡怡裘披五月人應詫

艾蓄三年豎或辭未必長愁負養病果然小雨亦催詩
階前一片離離草綠到書窻又幾時
烏兔匆匆萬感縈擁衾愁對一燈明熊湘蘭芷新愁切
鳳阜烽煙舊夢驚三水笙歌思放棹六橋楊柳記聽鶯
轉篷身世無聊況贏得繁霜兩鬢生
深下重帷避月鉤霜砧又送幾分秋金尊對酒常拚醉
玉樹盈階小慰愁數頁殘編魚誤魯三生幻夢蝶迷周
人間那有靈芝餌一襲萊衣解百憂

示祥孫

淨几明窻布置宜青燈況味重兒時六經搜討須求益

八法臨摹莫忘規版築尙儲卿相質書城豈負輔衡姿
勤求實學珍分寸入貢琳瑯會有期

祥孫入泮誌喜

博得崇朝笑口開驕孫新自泮池回當斯析理通經會
却話提戈取印纔撫硯頻年追祖澤坐風三月感師裁
顧名思義廉隅愼方稱人呼好秀才
今日芹筵倒玉巵何時聞喜宴彤墀一衿幸試登雲步
百行宜培作士基盼汝五題心應手勞予十載鬢添絲
勤華世澤都非遠紹續箕裘好自爲

上元 癸卯

燈月溶溶令序傳鞦韆墻畔綺羅鮮且斟興到今朝酒莫怨離多去後年三月遲春猶待燕一庭聚首不聞鵑茶經食譜閒研究愧對天宮太乙仙

題姪孫菊生昭潭詩集

何當懷抱者（用唐人舊何）盡此別凡流今紀昭潭勝前酣淥水遊（菊生有淥江吟草）瓌才銷艷景綺語識清愁一再徵題詠枯腸儘費搜

吾漫藏吾拙邈時久廢吟勞形殊自笑衰病況相侵際此艱危局全灰唱和心無端賡白雪秃管又重尋

率土承丹詔蒼黎務自強詎矜經史子相等化聲光紙

上翻新議胸中改舊藏躭詩吾與汝有興亦頹唐
太乙將誰照開編値上元循陔欽獻頌分綠愧留痕瀟
灑清眞格和平雅正言幾時袪蝟務把酒共評論

外孫偕孫兒輩共戲賦此調之

小友歡相聚喁喁笑語屢延賓交把盞拜將迭登臺妹
甫攀花至兒旋索果來累他如願婢捧帚日多回

璈兒隨壻入都賦此贈行

鎮說行期早及期驪駒載道莫羈遲憐兒壯歲猶嬰戀
況我衰年曷自持濁酒一觴今夜醉颷輪來日大江馳
重逢待詠吳大月（壻以道員分發江蘇）稍喜新雛勝舊雛

春寒料峭儼冬初客裏衣裘慎解除溯乙至庚三度別維鱗與雁數行書阿芬格調珠相似宅相丰神玉不如聚久忽分增黯澹不攢眉處亦躊躇

藥爐茶竈苦淹留未得同乘客子舟別夢長馳黃歇浦酒懷空憶呂仙樓千山鷓鴣長途雨五月梅花玉笛秋聞道京華饒壯麗嗟余垂老尚神遊

玉潤風華適出羣頻年聚敘轉殷殷六書久擅如椽筆（埥纒孫善各種書法）一德欽承不世勳（其大父文襄公蒙御賜忠忱一德匾）豸繡甫臨江左地（埥以道員分發江蘇）星槎旋指海東雲（埥奉湘撫委看日本國博覽會）人文蔚集珍奇盛佇盼青箱紀異聞

菊生得子致賀

震索何須論早遲杜家驥子豈凡兒加餐博得重闈笑疊慶瓊林玉樹枝

先世簪纓重玉廷廳容旋馬佩遺型循陔詩是傳家寶紹續箕裘首旺丁

賦到文通意暗銷船唇舵尾寄情遙（壻女遠別正深懷想）披牋一諷徵蘭句似覺離愁減昨朝

如雲勝友祝長生湯餅筵開酒再行莫笑步兵徒縱飲鳳雛一曲已羣驚

遣病

余自戊子冬患臍癭初如巨椒十餘年來醫藥罔效不啻秋瓜矣日內懷抱不舒又覺增漲困頓無聊賦此排遣

養痾日危坐遣日如遣歲古云七年疾必有三年艾我疾十五稔況在腹心位秬緩鮮良術方書失記載日往月復來無已祇增憊人身法天地天地有否泰陰陽互消長循行理無礙我疾胡不瘳遷延興頹敗負我操作勤動輒役傴婢損我遊覽心行止添累墜笑我非陶令折腰每深畏隱患人莫知惟疑自矜貴誚讓姑聽之吾形吾自愛形存氣自攝憂樂了無外

積雨初晴命婢掃除東閣賦寄璣女

東閣重開掃碧苔，舊梳妝處重徘徊。銀鈎戞戞春風裏，却憶搴簾覓句來。

萬花如笑午晴初，春色依然興不如。九載光陰三載別，吳天楚月悵居諸。

記賦歸歟又二年，評花貯月興飄然。魚軒翟服何矜貴，慣遺離痕染雪顛。

正是憑窻意若癡，老親行近語遲遲。昔年一擲思兒淚，又見盈盈到汝眥。

題女學報 報爲衡山陳擷芬女史創辦，因用擷芬君三字作轆轤體擬寄，未果。

蛾眉首屈擷芬君秀骨無慚孕嶽雲理想恰能探萬化
談鋒直欲戰千軍當頭棒喝驚濃睡震耳雷鳴解宿醺
一種喑嗚忉怛氣令人崇拜石榴裙
株守蓬廬隘見聞蒭蕘勉獻擷芬君蕨薇已是當初悞
種族空言此日分慚我未衰先倚杖輸君逞鋭欲干雲
天機地軸包羅廣安得神梭織五紋
擒華舒藻日繽紛想見冲襟組織勤續史舊傳班氏妹
挽頹今仰擷芬君粲花妙舌生花筆濯錦靈心製錦文
憂國愛民情一片洗粱而後未多聞
東望三城困敵氛驚心又駐瀋陽軍士民感慨悲鋤種

將相徘徊待解紛十字風行留學會孤懷雪亮擷芬君
國民分子眞無愧獨恨治絲莫理棼
癡魂喚起欲斜矄俯仰徒勞意念紛半教貽譏增悵悵
雙趺解縛且欣欣恆言進化何曾化鎮說聯羣那易羣
振耳金鐘敲莫遍熱腸空負擷芬君

元日題新曆 甲辰

向曉揮柔翰臨窗紀麗晨未增新理想殊愧舊精神拭
目孤松秀強顏老桂辛自今銷疾疢把卷對金樽
太歲臨初甲龍光照五辰王正傳自昔嶽降紀從新蟄
蟄方驚電萌芽欲綻春東風解餘凍冰硯又重親

偕淑愼女學教習鍾胡二女士遊左文襄祠

松柏撑空勢鬱盤，相侯遺迹共尋看。大名久已方伊呂，艱世何從起郭韓。績懋南疆儋爵再，恩周梓里慼人寬。崇臺百尺觀瞻遠，恰見旂常耀二難。與文正公、忠襄公祠相距不遠

勝地留春却餞春，春園花鳥弄精神。綠楊庭院鶯鶯滑，飛絮簾櫳燕燕嗔。照水新妝憐素怨，教習內有遇人不淑者，頗含幽怨凌波羅襪捲香塵。女生來遊者，天足、放足者居多玉欄杆外千竿竹，長護青陰待主人。璈兒爲文襄孫婦，有旋湘之信

和門存韻

門存詩二卷，乃武陵陳伯弢大令所倡，一時和

者甚衆余適抱病無聊亦成二章

影息籧廬日杜門渾忘城市與山村餘春不禁銀虬駛
暮雨偏催鐵馬喧千里鱗鴻醒倦眼九天咳唾振喑魂
庾清鮑俊都消歇似我蕪辭豈倖存

闒茸難尋衆妙門祇園空詡布金村身多疾病資藏拙
居鮮林亭苦溷喧蓉闕驂鸞猶有恨蕉陰夢鹿欲驚魂
還丹勉叩長生訣顧我金萱尚健存

再疊門存韻

仲夏之月梅雨生潮　母大人曬書內有劉氏
族譜並各種墨跡蛀蝕甚多檢閱之次追維先

德感賦一律

青田世系漢儒門寄迹來從白下村捧日絲綸千古艷
連雲冠蓋一時喧山頹鵠渚悲忠魄（吾父咸豐甲寅年守黃州身殉危城）
翼折鴒原泣斷魂（吾兄咸豐年病卒長沙）孌鳳於菟俱已矣（余有五姪均先後殁惟存姪孫匹人）
傳經有愧倘余存

三疊門存韻

由湘鄉故居取到　先外子所遺文玩有同心館聯吟筆自製墨及愚慧同心石刻人面印章一旦重睹故物不禁悲從中來藉澆塊壘述我傷心亦長歌當哭之意也

笄總當時遠里門鹿車偕隱鮑家村揮毫信有聯吟雅
舉案從無脫輻喧弄笛秋宵邀月魄調鉛春晝寫花魂
仙城蒞後年華改二紀重看手迹存
征車一昔滯幷門蕭瑟羅敷陌上村繡閣長年金鏡掩
錦機終日玉梭喧遙天鵲駕空留影靜夜鵑啼總斷魂
書簏畫函今宛在不堪遺韻重思存
四疊門存韻懷湘鄉故居
數載棲遲栗里門青來綠繞好鄉村餘糧遍地雞鵝飽
密樹排雲鳥雀喧永日三聲清入聽長宵一枕靜安魂
盤飧儉約衣裝古遮莫豳風雅化存

薜荔侵墻槿補門清幽恰稱野人村雙柑斗酒聽鶯滑
萬頃芹泥叱犢喧儘有庭柯供嘯傲都無念慮役神魂
一門機杼停梭久令壽惟看一卷存（令壽見前和外子詩註）
三省家傳碩德門村居究竟氣非村堂開綠野鳴琴雅
賓告秋成賽社喧對菊有時酬令節催租無役窘詩魂
林嬉水晏何時再歷歷空勞夢想存
鶴舞青松犬吠門避秦疑近武陵村芳時愧我年年別
好景憑人故故喧五易星辰雙改鬢三徵弧帨兩銷魂
而今影事重摩擬剩有悲涼感慨存

五疊門存韻閱報書感

丹詔宏開籲俊門維新氣象布闤村崇文數見書林盛
奮武頻聞畫角喧歲幣不妨儲外府晨鐘漸已醒癡魂
但求朝野安危共九鼎何難百世存

夏日病起

兼旬酷暑困煩痾有限精神暗裏磨病緒不勝儀狄酒
流年虛擲采仙梭空將奧理參黃素那有良知近緩和
情到不堪聊自遣一編靜對曲池荷

中秋

多病心情萬事慵小窗容易又西風尋詩稍喜機仍在
把酒稀逢月正中霜信已催東去燕秋懷待訴北來鴻

申公跡幻雲梯渺欲問青天路莫窮

文靜芳夫人和詩疊韻奉酬

荷君佳句起疏慵令我旗亭拜下風宿疾待看施肘後
蘭言先已佩胸中論交況有淵源雅展卷尤欽著述鴻
紫極淸湘地千里得成小聚興無窮

六疊門存韻和菊生三十初度感懷

名駒千里起吾門莫漫消磨下若村几靜牕明初疊韻
筆歌墨舞似聞喧芝田瑞應商山皓菊徑詩招栗里魂
三百葩經繙奥義可徵胸有智珠存
記得弧懸燕寢門又看幟建浣花村九天珠玉隨風咳

四座觥籌醉月喧杖策早探禺海勝投詩新弔汨羅魂
少年意氣甄陶盡珍重青藜舊業存
獸環魚鑰鎖重門想像當年綠野村饒有杯棬和淚撫
恰無車馬近衢喧究心西陸聞蟬唱奢願南柯覺蟻魂
貯盼白眉能繼志清芬中歇又重存
重陽風雨掩衡門送酒人來自覓村水接長天孤鶩渡
霜凌古樹亂鴉喧儘從兜率求桃實漫訪羅浮証鶴魂
我恰秋高孱病可硯田經社共圖存

七疊門存韻展墓歸

青山排闥樹當門光景依稀舊隱村久矣未瞻松柏盛

悠然馳念桔槔喧鸞漂鳳泊憐身世鶴化鴛分愴夢魂百感侵人成不寐照人清影一燈存

八疊門存韻陰雨悶人柬文靜芳夫人

墨雲如蓋黯天門前路蒼茫那是村已覺新霜催物換何當暮雨逐秋喧沾襟莫禁闌杆淚擊柝難蘇酩酊魂吹縐一池干底事清吟宛轉自溫存

桃李春萋立雪門居然絃誦武城村憐他斷雁歸飛急（靜芳聞令兄之訃急欲假歸）怪彼羣鴉歷亂喧（嶽南言官以他校女學流弊入告影響所及將有停辦之舉）有筆莫探天問旨無香可返國殤魂三湘七澤空言廣幾見扶輿大雅存

九疊門存韻感事

簪纓劍佩蔚朝門禹會千秋尚有村候足治金能踴躍
時危晉石亦陘喧徙薪曲突輸焦額飲鐵西郊慟烈魂
一載銅駝荊棘感鵷班復睹漢儀存
藩籬盡撤敞重門鐵軌飆輪不斷村浪湧灘江澎湃急
火焚祆應詠謠喧紛紜倀鬼咀殘血零落災黎役病魂
東望岡陵增感慨吉葠蓍草幾莖存
鎖鑰誰當鎮北門令人安枕蟹魚村探珠莫喚驪龍睡
啟幞仍聽虓燕喧劍隱豐城留正氣魚跳湯網賸遊魂
瀛寰屢劫滄桑變安問麻姑擲米存

鷸蚌紛爭渤海門幾時收利到漁村純陽點石都窮術
道濟量沙枉費喧無地可營㲈兎窟有懷惟託杜鵑魂
深閨那與安危局閉戸銷磨一卷存

送別文靜芳女史歸南昌 并序

吾友靜芳文君宋信國公之嫡派今萍鄉榜眼
道希公之胞姊出自名門歸於令族婦德母儀
馳譽邦里其經義史學尤推當世大家道希與
從子重伯爲忘形交素耳令姊之才以道阻莫
遘爲憾迨光緒甲辰秋經從女伯瑋聘主淑慎
女校講席始遂瞻韓之願余性拘迂近復多疾

舊姻新特殊少周旋獨於文君一見傾倒聆其緒論如飲醍醐諷其高文若咳珠玉其岸然道貌春風之和秋月之朗令人親炙不已不遊南溟未覺榆枋之隘既登泰岱方知羣峯之小毋乃近似歟昔晉太守劉柳稱謝道韞曰實頃所未見瞻察言氣使人心形俱服今則茗話時攀詠歌相答能不私淑逾常乎而乃綠波春草易黯離魂西雁東勞莫徵定跡聘車徒之已戒益愴惻以難禁於是首唱蕪吟用申景仰並推其意而序之

嘉會不可常睽違又伊始初秋與子晤奄忽嚴冬矣塵
勞復疾阻酬酢曾有幾同調世所難而況感知已
昨憾相見遲今憾相離速來日雖未艾世情如轉燭兩
強鷸蚌持五嶺狼豕突前路殊茫茫指南更誰屬
嗟余賦奇膂安足陪清言幸藉阿咸契獲投高彥緣冲
懷具神理經學湛文淵不意元龍豪見我閨中媛
今茲別我去再聚知何時感君私淑情覗我猶連枝瑤
章備藻飾珍味甘朶頤一往致纏綿依依難盡辭
一陽轉葭律悠悠起遐觀靄靄浮雲積蕭蕭北風寒征
車驟遠道能無悴朱顏明發在須臾有酒不能歡

臨岐一執手相對各踟躕我居近衡麓君居接匡廬道路修且長慰情惟素書風雲日遷變後約當何如

和靜芳抄字韻即寄南昌

一自軒車莅時還橐筆過清樽共遙夜別路話長河間氣鍾君最先知覺我多曲高原和寡枯硯勉摩抄天地一蘧廬時光駒隙過今馳四牡道昨析三豖河湘水通瀾少洪都覽勝多別離無限憾霜鬢獨挪抄

分詠水月

灔灔澄江水接天天連水接月雙圓扣舷有客歌懷古捉影何人醉放顛帝子思君湘瑟怨嫦娥竊藥夜星憐

桂華萍實交輝映非色非空幻入禪

輓劉孝女四姑

孝女母病籲天求代思割臂和藥甫奏刀聞母喚掩血急趨侍母壽愈越三載女竟以瘵疾隕戚里哀之爲序徵詩賦此以應

令嫺生小亶聰明執業營家莫與京天若假年成素志撤環豈讓北宮嬰

應是瑤池謫降來綠文丹篆手親裁晶盤久厭虬龍鱠惟擷新蔬佐舊醅孝女幼茹素

几杖追隨色笑怡無端二豎苦萱慈参苓罔效醫窮術

泣禱皇穹不盡悲

班班鵑血漬衫羅　一奏鸞刀勝緩和　肌則未殊誠已達

衰親瞬息起沉疴

此身親授爲親殘　敢作庸愚一例看　疾至瀕危心不泯

殷留遺錦衛親寒（孝女彌留時殷囑二兄以己遺帛爲親縫製衣被）

休論入地與升天　百善從來孝最先　弱水蓬萊三百丈

應隨大士乞金蓮（孝女幼崇拜觀音）

感劉孝女事追悼長孫女棣華

時距棣華之沒已踰二載　茲誦劉孝女徵詩紀

畧其彌留之際爲父母處分衣被與棣華沒時

囑毋弟善事大母之語正復相同觸類傷情追

悼二章

慟我依依愛女孫笄年埋玉杳恭溫因循未及揚芳躅

空對遺簪揾淚痕

忽忽三年幻夢銷愁魂勾起又今宵媧天衞海難填補

一種傷心盡楚招

十疊門存韻懷靜芳女史

歸帆如駛遠湘門今夜酒醒何處村雨聽蕉窗疑缽擊

風敲桐井和碪喧豈無軼史銷離憾獨少雄談警惰魂

持正不撓閑化廣坤儀國粹賴兼存

和陸中丞湘春留別湘紳原韻

匆匆使節沐風沙，來值南薰去六花。砥柱中流誰作楫，受恩深處自忘家。白門昔播甘棠譽（公曾知上元縣事），丹桷今承麗藻加（先忠襄祠承書匾額）。天恰多情開霽色（啟節之日積雪新晴），不教泥濘阻征車。

鼓鼙徂歲里閭驚，正倚干城又遠征。簡在聖心資補袞，志紓民力不窮兵。風潮舉世憑洶湧，政策惟公主治平。肅靜萑苻殲醜類，一犁依舊樂春耕。

文明輸入見聞開，晉用還多借楚材（各省稅務皆用西人）。瀚海頻看遊士渡，嚴關不禁島人來。名山講習留餘地（公徇湘士請建

書院之左近刧運維持仰大才杞梓櫌楠搖落甚景賢堂畔認新栽景賢堂於嶽麓

新舊紛歧趨嚮難培才一疏競傳看自謙報厚施殊蔣講用公詩序語人頌源清本自端公奏呈湘省學堂利弊正本清源士習爲之一振

學南軒猶有渡嶽麓山有朱張渡訴愁東野詎號寒湘士求復書院公亦據情入告雖未果復意良可感崇經勉副諄諄意珍重隋珠誤雀彈

仁恕清明美譽存趙宣冬日煦和溫春回蔀屋謳湘水星出詞垣耀浙門勘奠狂瀾朝紀績公督兩河歲慶安瀾諏詢屬地戶銜恩下車伊始即飭各屬察地方利弊攀轅莫致擎槃敬勉對吳天介壽樽

玉燭元調天地春千秋道統續從新已嗟東觀拋心力女學同時癸停幸藉南鍼轉軸輪公令湘省女學通改家塾竹馬郊迎知幾輩蘭閨絲繡又吾人家塾之改同深感佩雙丸電掣祥暉遠猶睨清吟浣俗塵

感別步靜芳韻 乙巳

風雨來何暮急如鷹隼過清樽對丹簡孤棹悵重河人去榻虛設燕歸秋已多空有綠綺琴寄意慵摩挱鑄錯年年別妹女適宦遊久未歸省韶光病裏過恨無女媧石塞此精衛河腦弱新機減神虛異夢多仲文初種樹祗覺近婆娑挱韻難步此首易娑字

病起

白袷衣單睡起遲，藥爐茶竈日追隨。一編自領閒中趣，
五字誰工雪後詩。宅相新傳增玉樹，家珍且喜集瓊枝。
荆扉日對平安竹，報我歸期恰有期。（璇兒來書秋仲可以旋湘）

和徐花農太史春在草堂話舊詩

碩望清才邁等倫，科名弈葉耀重闈。天樞列宿三台聚，
春在高風一卷存。玉殿徽音新奉詔，金蓮華燭舊承恩。
東山再爲蒼生出，濟美調梅艷祖孫。（文穆公爲太史之太高祖）
一門機杼紹三唐，接葉亭高快舉觴。（原序有接葉亭名）富貴神
仙當代少，淵源師弟兩形忘。（太史爲俞曲園先生高弟）都梁傑閣清

芬遠（太史母夫人著有都梁閣詩集）太古薰琴雅調長（姪婦絳霞善鼓琴深得文傳）衣缽載傳佳宅相（汝嘉九姪孫爲太史外孫）也應簪杏近宮墻

贈汝嘉再姪

玉暎蘭芬氣宇奇家珍喜獲不凡兒初書正字能揮灑（汝嘉書作大字）乍見元方解抱持（汝嘉繈褓別兒昨隨母歸其兒往迎一見能識）嚙指居然諳祖訓投懷莫漫笑孩癡會流蘭匹誇城北佇盼聲蜚五鳳池

應趙貞女徵詩

本以崔盧戚重聯秦晉盟星橋方待駕月鏡已孤明召賦才人兀茹冰女子貞黃壠他日聚不愧此生平

驤孫再姪游泮賀作

芸窗雪案志專堅博得菁衿尚綺年雁塔題名秋有待龍章寵錫歲初遷三株挺秀家聲繼一貫傳經道統綿莫悵先容懸畫壁慰情原不限人天（先伯嫂望孫入學甚切）

蠶桑曲

三五御世初制作昭寰宇或則創舟車或則興耒耜利涉便周行饔飧備籩簋章身復誰賴傑出西陵女法彼枝上蟲織此機中綺袞冕正玄黃藻服戒紅紫垂裳天下治厥功誠偉矣從斯内政宣化行及閭里五畝樹之桑風詩詠猗彼一家如不蠶交詈人所鄙四時首重夏

逢春先準擬膏粥致精誠溫湯浴繭紙子出須求葉采采盈筐篚拂垢剪枝幹飢飽頻瞻視惡寒兼惡雨三眠又三起蠶多葉苦薄愁歎絲人子軋軋機杼鳴工夫知費幾一絲復一縷縷縷皆勤取末代政教衰黼黻如雲聚女工雖云害猶能勞十指豈若今之世荒業縱奢侈勝地多栽花泥爐但浮蜡富家養女嬌羅衣不自理佞佛擲金錢冶遊炫簪珥貧家東婦嚴井臼供薪水年年壓線忙生涯止於是不識興家義那獲裕家旨家衰國亦弱財賦日傾否強鄰互相迫需索無窮已膏腴俱割盡敲骨再剔髓禦侮非無方闒茸深可恥維新詔屢下

仍難振疲委與學育賢才鞭長莫及邇工商百不如路
鐵亦虛靡行將解蠻觸弱肉憑誰碭厝火積薪危曷禁
潸然涕吾人限閨閣挽頽乏長技祗此蠶與桑差可求
諸己黽勉歌此曲自勵從茲始

殘菊

當時佳種遠移來擇土編籬費主裁免走烏飛芳序改
莫求青女訴榮哀
番風有信歲時寬傲雪凌霜苦耐寒不用金盤承玉露
人間亦有駐顏丹
記得新霜乍近時繁香冷艷總多姿祗今憔悴西風裏

安得從容護曲籬
別種分根閲素秋笑他赤脚與蓬頭何因再起陶彭澤
把酒東籬話舊遊

畔孫娶婦誌喜

百兩盈門艷綺羅笑看新婦作阿婆堂前受贄蘋蘩繼
厨下調羹食性和季女宜家嫻四德來賓獻頌祝三多
孫能娛祖應非謬負杖從今樂詠歌

送壻女東下舟次漢臯作

載途風雪片帆斜人自歸家我別家出岫輕雲隨去住
迎年臘鼓任喧譁無魚已負新隄泊有酒還虚狄港賒

書付郵筒餘凍墨，燈前迅筆走龍蛇。

初附商輪紀事

携筐挈筒儼摩肩，鐵艦閒凭感昔年。肦彼鯨輪雙破浪，笑予蛙井再觀天。（自庚寅冬奉忠襄公紳櫬旋湘，今將廿年矣）繁聲錯落蛟宮雨，（該商輪奏西樂迎某大憲公子，雨聲恰相應和）幻境迷離蜃市煙。（隔艙住有某道吸阿芙蓉，順風吹來，令人欲嘔）斗室懸床眠未得，一編臥展電燈圓。

秣陵除夕（時居璈女家）

客裏深忘客，燈前興有餘。閒居銷冗抱，舊臘慶新除。兒酌初醅酒，（璈釀衙衙酒甚佳）盤盈晚種蔬。（璈善蒔園蔬）來年理歸棹，此樂復何如。

一二五

元日 丙午

正旦觀雲喜放晴花光鳥語覺春生增年獨後屠蘇酒攜幼同喧爆竹聲椒盞遠傳新婦頌（辟孫新婦甚慧）雪庭近接謝家清（文靜芳女友令妹梅夫人所居咫尺）回思試筆鈴轅靜裘葛匆匆十六更

立春感事

莫道春來客未知老梅香發已多時燕歸似覺尋常別人意寧無今昔悲傅說騎箕原有數丁仙化鶴復何爲浮塵世局秋蓬轉咫尺提封愴路歧

舟泊鹿角書呈仲嫂於武昌

余丙午夏閏四月由江寧言旋時湘南大水所經之道田廬漂沒感而賦此

片帆無意續東遊又載離情返橘洲鴻雪三生留幻迹蛟波千里漲洪流近鄉早覺荒涼怯居杞其忘復墜憂差幸天心回刼運南風豫兆麥田秋

女訓成書付梓

壬癸兩年鋟集字余著有集字避複甲丁四稔纂閨箴拘迂謭陋憑人議自盡傾葵獻曝心

和仲嫂寄懷原韻丁未

雁訊南來起倦眠不禁惆悵溯年前匆忙款敘清尊際

忽漫分携落日邊祇覺飈輪淒旅客何曾地軸縮眞仙
歸來一疾增沉困辜負西堂好夢牽

仲嫂南旋小住即行賦此送別

參橫斗轉夜何其淚眼相看莫盡辭忍道重逢無定地
却嗟浮世等殘棋羨君棨耀輝萱閣愧我秋霜瘁柳姿
此去扁舟當晚泊願延新爽解離思

泳舟姪囑和遊合肥相國園林原韻

一種縱橫氣初終不少携先憂儀范老後學邁王倪名
父松姿健嬌兒玉色齊家珍兼國瑞洗耳聽鶤雞
羨爾便便笥隨時任取携百爲終有濟三養豈無倪家

世南豐舊文章北斗齊師千他日總不負曉聞雞

戊申元日

新歲新晴景物佳啄冰凍雀語喈喈紅情乍點梅間萼綠意旋回草際荄知我知魚緬濠濮有書有筆亦朋儕三年蓄艾功夫到老健將無復壯懷

曾孫憲樸生誌喜

太歲凝麻仍在甲小春回暖又添丁宗風世纘身勤省景福年臻德務馨恰喜三同承弈葉江兒戊辰生祥孫戊子曾孫戊申敢希五代共慈庭分甘扶醉成交替廿載光陰改鬢青

母大人八秩整壽敬獻一律

八百春秋載詠先瑤砂秀栄煥華筵當時布粟支衰祚
今日桑榆樂晚年一代女宗親故仰半生耆望子孫賢
洪疇五福先仁壽莫笑萊衣映雪顛
願博慈顏一笑開北堂携幼祝康哉儘多負杖分甘質
那有歌嵩對甲才五代曾元羅玉樹一庭姻婭列瑤瑰
尊怡鼎養深兒愧勉獻筐詩佐壽杯

己酉新元

梅影清癯竹影橫臨窗歲燭照分明終年擾擾些時靜
悚聽晨雞第一聲
元歲元辰萬象亨瑤堦朝爽撲人清民康物阜何從驗

驗取初開第一晴
簾幙低垂氣候溫小窗櫛沐趁朝曦羹湯敬奉姑携婦
椒頌歡呈第一言
爭似今年遠俗氛門闌片紙亦無聞晨興未過花磚日
且惜光陰第一分

早春步黃庭堅春近四絕句韻

銷寒點筆又春回粉白脂紅炫玉臺待捲湘簾迎淑氣
黃鸝恰送好音來
晴光烘透水仙沙葉細英繁色相佳三友臨窗都入畫
幾時分詠到桃花

常恐風多落燕泥重重簾幙隔朱暉楊枝又近芳菲節
陌上王孫歸未歸
山茶破雪紅猶艷砌草籠煙綠漸勻欲試羅裳還掩篋
輕寒釀雨不成春

紀明興獻蔣妃軼事

春風扇和孱軀覺爽侍　母大人閒談偶及西關外新關口岸商旅輻輳非若昔年冷落氣象暇當奉慈輿一擴眼界　母不欲行因言昔偕兒父居安陸府署幕賓妻袁氏屢請謁興獻皇陵登蔣妃梳妝臺皆婉辭之卒未一往然袁妻

所遞軼事亦頗可採妃嗜盤龍菜以魚餡調和五味製爲龍形鱗甲畢具至今府治凡宴會必以此肴冠首循舊俗也袁又言妃生長之地名蔣家村門首大河前橫出必喚渡向例每渡客前坐舟子立於後手搖雙槳妃嫌不雅迨貴顯令以後凡送客渡用隻手搖之雖時移世異而此河仍遵舊制亦南國之化也叙此事時吾母大有今昔之感鑑則聞所未聞不勝愉快因援筆記之並獻此詩

少小失椿蔭數典太疏忽生於郢中地不識郢中俗今

兹侍麈談光明如舉燭史魚叙事簡但紀通州宿有子繼人後輩翟易藩服何期軼事傳妝臺峙層麓異味冠庖厨良規正江瀆雖云記載微千古仰芳躅且當佩兹箴罷勉戒游矚

題王壬秋先生湘綺詩集

巍乎岱宗雲羣峯皆仰望美乎太羹味常羞莫能亢浣花矜縝密謫仙詡豪放松菊愛吾廬冲襟自和暢

題湘綺樓文集

間氣鍾名宿聞知舉世驚孔門眞弟子漢代老經生正譎春秋筆瑕瑜月旦評昭潭清淺水長爲濯冠纓

可園銷夏 庚戌

花藥分行竹翳如涼生几簟好攤書蟬聲徹樹催銀兎
螢火流光鬬玉蜍三百葩經搜草木一緘爾雅註蟲魚
小窗正對荷池曲時有清芬透綺疏

勞薪暫卸安魂夢枯硯重開遣性情竹馬馳來芳草軟
板輿扶處好風迎因痾節飲久忘醉與世無爭差近名
日倩修篁解塵俗小爐茶熟思俱清

白藕花

一水淪漣翠蓋欹雪兒清瘦減胭脂瓊裾璀璨迴風影
倩袖翩翻避月姿出浴亭亭宜解語凌波冉冉悵來遲

江皋貽佩人何處不禁臨流擬素儀

並頭蓮

莫問卿憐更我憐新妝臨水共娟娟巢成翡翠魂俱化
修到鴛鴦夢亦妍艷奪尹邢羞避面嬌如蠻素許齊肩
含情欲語防鸚舌並立瓊軒步不前

讀仲嫂郭朗秋曾夫人詩感作嫂著蕊芳館詩集曾夫人爲袁又莼觀察德配著古歡室詩詞集並有女學編醫學錄中饋錄行世

兩絨珠玉邁時珍濃福清才併擬倫荀氏八龍餘蕉果
竇家五桂列嬌賓卿雲璧月光同耀宋艷班香語共新
一樣仙根異榮槁愧予空有墨如澠

可園書事

庚戌春仲民變觕平匆匆部署已近端陽蒲觴泛後躬奉　母大人避暑可園未三月而色笑長違鑑倏經大故莫盡追維夙昔始孩已慟椿庭之變俄焉遲暮又遭萱閣之憂國憾家艱不堪回首用步香山代書詩一百韻以述悲懷

甚矣吾衰矣形骸漸失司省身希寡過臨事遜先知稍喜靈機賸頻揮俗網羈放眸滄海濶言志泰山卑趨嚮憑人異綱維且獨規仙藜仰天祿聖草慕怡偲遺興雙柑挈抒懷一管持春風捲珠箔秋月澹珊帷桃漲三竿

浪荷香十頃陂逍遥簪菊約愉快詠梅期萱閣朝扶杖蘭陔畫獻詩聽鶯如對友開卷儼逢師燕處都如此鳩藏曷有為浮雲多變態刼運等殘棋盤涸三霄露（頻年練兵賠款府庫已空難資挹注）輪喧九達逵（京奉津漢鉄路均已開車）不期迷左道竟至擾潢池（某邸迷於邪術致有排外之舉）二烈徒甘刃（許袁二公均以直諫被刑西郊）雙拳特炫奇（拳匪嘯聚京畿）兵聯十一國髪亂萬千絲（十一國之聯軍入京城初頗紊亂）悴鳳凋宮井（珍妃投井殉節）雛鴉去故枝（大阿哥因罪被黜）北宸光黯黯西極路迤迤可惜尊嚴地橫遭倒逆施泥塗驅太史（某太史偶行德國街被洋兵逼運磚石一日）攢輅載華姬（擄去婦女甚衆）未絕頒瓜好（圍困使館時猶有瓜果之餽）猶聞顧曲嬉（擾亂初頤和園依然演劇）

近畿烟刺鼻厝火勢燃眉迅速紅燈照倉皇翠輦移（聯軍攻京城兩宮匆匆西幸）幟懸編戶順（比戶均插順民旗）米拾運車遺（某侍郎奔赴行在沿途拾小米爲炊）饘將呈衣御材官捧豆卮（兩宮至古北口懷來縣始得衣食充足）行宮聊補葺別館勉棲遲既洽全權議方鞭供奉騎（和議成始請迴鑾）約因金帛定功在簡編垂往矣桐鋪井來斯柳掩歧草茅齊踴躍劍佩遠圍隨甫祝金甌固俄驚玉琯催承乾邦有慶吐脯國方資（宣統嗣立純邸攝政）宵旰渾忘倦訏謨罔不宜星槎周異域歲計挽艱時已憤豺當道尤虞鬼暗窺聯交宗魏絳撫衆盼張孜但冀天彌漏毋憂地立椎貪狼蹲臥榻嗷雁集平坻鑄鐵皆成錯緘金

莫盡詞家寬國乃富食貴亂斯基兩際辛庚變都驚勦撫疲赭逆以咸豐辛亥年起事今饑民以宣統庚戌三月鬧糶饑民之變勦撫已平昔聞殘郡邑今見燬桅旗倖殄新魔醜還稽舊盛衰重紀赭逆亂事柳營紛竹破蘭谷遍榛披瑜瑾都經選軍儲不自糜霜戈迎日麗露布逐風馳踐壘昭傳檄摧堅暗穴墀運籌良決勝成敗亦多差觸目沙中骨關心夢裏萎勳高銘竹素數兀隕蘭甤馬革增忉怛人情減呿咿白頭均有母黃口豈無兒寂寂依閭望啞啞返哺私錯嗔傳帛雁長效聽冰貍許國身何有酬庸典不欺旗常輝甲第裘冕耀夸毘時局[illegible]安定家艱重念茲嗟予生不觳瞻怙亦瀕

危襁負纔三月間關歷萬巇（予生孩三月卽隨母嫂避亂鳳陽）崔苻深險阻風鶴數驚疑道遠書難達城亾哲應萎大仇兵不反傾厦木焉支慟切援師緩寃沉失地疵孤忠盟白水遺韻泣芳蘭拳指幾穿掌呼閶尤費辭愁雲昏武漢（是時先大人調至武昌省禦賊）惠澤布荆夷（先大人歷守安陸武昌等府雙旌所至民有召杜之歌）鵰降遷臣室猿啼故相祠睢陽同礪節叔子幸留碑道已窮麟藪家猶寄鳳湄長年傷旅況獨夜愴征陣銜盡精禽石難填恨海瀰居如涸澤鮒行亦鈞船鷁蛇豕猶盈野羝羊悔觸籬一車初載道十室九停炊（予咸豐四年正月由皖鳳遄歸長沙一路荒涼不堪入目）望影人回馭拋裝馬舊鬢遄歸棲隱

地不盡昊天恩予四月抵湘先大人於六月初二日殉難噩耗三湘驟蕭風四壁吹母兮神慘澹伯氏病孱羸伯兄病瘵卒於咸豐九年七月家境紛殘緒親知近薄醨却憐垂髫歲勉贊不忝儀代謝六葭管交遷兩菽葵予于歸八載外子赴部供職四載歸來一病不起鸞臺長悼影鴉鬢已非緇短夢莊生蝶前途季主龜識迷慚晋隱祛疾杳秦醫浮世原如寄餘年詎勝斯古歡悽月御今別悵天涯辛苦丸熊課荒凉繡鳳綦有兒期肯構將母視餐芝日駿成飛度春暉歎永離一廬三月止九秩八年虧吾母道光己丑生宣統庚戌秋藥養懿德書難罄慈容逝莫追不能生列鼎空有淚盈衰陟屺深嗟我承顏更向誰遺田

遵紀理授食務平夷（吾母以所遺膳田分給諸曾孫命代管數年限令用租存田）燕
翼差如願龍天合頷頤哀哀風木感悁悁蓼莪悲莫斷
嬰兒戀眞成稚子飢有生通塞事摛藻約言之

述哀

庚戌冬月九日爲吾　母棄養之百日哭雖云
卒慽實無終渺渺慈容惟餘想像爰拈東冬韻
得三十二字依韻卒成以誌孺慕

我母棄我去白秋忽徂冬思之復思之如骨梗我胸狀
母平生行罄竹不能窮我母籍蜀都家世守儒宗侍親
宦楚北少別蛾眉峯蛾峯秀所毓質秉天人聰書算冠

儔侶繡畫奪神工尤凜班氏誡跬步趨嚴恭笄年母來
歸姻婭誇孟鴻我父守郢郡內治聲譽同有時衛崩堤
脫簪募廝傭有時拯飢溺節饍備飡饔一時龔黃績咸
頌播歌風鹺政甫量移豬逆熾兇烽侵湘再犯鄂武漢
適當衝我父身許國志效睢陽忠遺孥輕內顧竭財資
戰攻明年殉危城疆耗傳湘中我母慟瀕絕哀毀忘厥
躬典質畢齋葬四壁嗟芙蓉負郭數畝田年難卜歉豐
我母勞十指晝夜事紉縫藉勤以補絀歲計勉支供家
艱損長胤藐孤悲幼冲我母教且養劬瘁莫形容向平
願觕了宦轍各西東幸得長孫奉花甲已周逢安樂未

廿年曉景遽匆匆今茲棄我去笑貌瞻無從思之復思之如骨梗我胸

除夕

爐添商陸坐忘寒漫品團茶遣夜闌帶病奇逢週甲歲祭詩增興五辛盤家營子舍勤風在課驗孫枝進步艱世局日非時日蹙巢堂燕雀強偷安

人自淒涼歲自除萱闈寂寂感何如呼殘午夜癡仍在聽到辰鐘色未舒薄靄冰花斑管滯頻喧爆竹小窗虛旣嗟且慰無聊甚來日屠蘇後飲初

題孫兒試筆帖子 辛亥

吉日惟元歲指辛簡編燈火又從新有家有國斯爲福
珍寸珍分盡在人襪線何能資補袞點金到底不醫貧
挽頹禦侮無他技兩字心傳起臥薪

和藝芳主人除夕原韻

梅枝待臘欲魁春吟到尖义不厭頻萊舞乍銷衣畔綵
冰花猶結硯旁塵中天雷雨經綸異大塊文章格局新
前路茫茫渾莫問隱痾聊自作閒人
逍遙物外遂吾眞多病人扶謝客頻夢撫杯棬猶有淚
咳生珠玉漸回春臨池一鏡冰花合携幻三杯酒味淳
萍絮十年嗟聚散而今風雅又相鄰

錄原作

匆匆臘鼓似催春試聽街前爆竹頻百歲光陰能有幾一年生意等輕塵簷飄驟雨雷聲震座接名花照眼新欲折梅枝將寄遠料應同憶未歸人

兒童戲耍樂天眞椒酒圍爐笑語頻歲歲桃符裁製勝年年帖子總宜春但求世界能豐稔惟願人民盡樸淳家有藏書堪啓後未需燈火乞諸鄰

人日疊前韻

青旗彩勝共爭春把筆書雲感慨頻時局已成強弩末浮生大抵草邊塵三杯濁酒分醒醉一領輕裘間舊新

尤悵歲寒風雪夜，解囊莫遍臥衢人。

更從推測驗虛眞犢黑神玄指視頻穫麥宜禾祈樂歲康民阜物兆熙春介眉酒進彝倫叙騎竹兒來笑語淳偶檢奚囊搜少作驀然棖觸舊東鄰有陳玉如錦如女史詩

清明展墓同菊生作

慈馭長歸矣春光去復來可憐萱草色空對蓼莪哀緩急深予愧扶搖盼爾才承暉光故業黃壤亦襟開

謝合族贈傳家有訓扁額

辛亥夏六月予六十初度承惠庭額並賀壽詩二章步韻奉答

記摘荷筒佐綺筵（余初度本在六月天暑祇小飲酬賓）又延秋爽駐衰年桑榆遲暮嗟何補梨棗新刊愧莫宣（予去歲發刻所著女訓）儘有堅心磨鐵硯莫求餘暇織金綿行將七秩差無悔慎重蒸黎食性傳

黯澹藜光感校經家聲棖觸舊門庭勉從艱世延堂構尤景前徽耀日星派衍武城徵雅化賢逢絳縣紀遐齡宗盟族望蒸蒸盛佳譽同維俎豆馨

自壽用蘇文忠贈段屯田韻

涉世五十九迍邅實強半止足有常箴怡顏制慨歎籌添疾或減分寸戒疏玩存神息形影虛明樂淸散婆娑

經史間與古若爲伴時還携稚孫天倪樂宵旦解愠來薰風荷氣馥琴案世事恰無聞那復談治亂飲牛思淨泉而况供漱盥衰歇何能爲識陋性且緩剸犀劍不利射虎石莫貫蘭芽儘成植尤慮近頹懊淬砥鍊鋒鍔借力洪爐炭白華多新編黄金藐故館簪笏奚足榮負暄待回暖秋稼欣有獲載詠南山粲

雨夜讀岳武穆滿江紅詞 壬子

壯志干霄氣貫虹十年威望懾諸戎兩河涕淚悲千古半壁江山醉九重莫必黄龍眞痛飲可傷白馬竟回蹤今宵一樣瀟瀟雨也覺憑欄髮上衝

初度日再步東坡贈段屯田韻

憂患飽經歷靈機已減半舊韻載新賡一唱復三歎老至百無補流景悔輕玩舉步何所之親戚秋蓬散三徑日就荒猿鶴孰爲伴顏頽氣不暮長夜亦平旦洗硯臨春波窮經依雪案溯仰古周姜備德躋十亂吾人處危邦奈何務梳盥要當正國維儲材禦急緩殃徒時欲逞幾人安籍貫負職各宜盡無已振衰懊腐論責明時未免氷投炭嶽靈近何鍾寂寞鄒枚館不有秋令肅安見春風暖正氣繁萬類時淸日或粲

陽歷十二月三十日

是否新除勝舊除一般桃彩煥門閭恰無改歲增年感
儘有殘編退筆儲來日寒梅添宋稿經冬瘦竹稱坡居
魚環鎖靜鼉更悄笑我周臺避債初

民國二年元旦疊前韻

舊帚愁城力掃除不忘徙倚暮時閭前途自惜桑榆晚
後起誰當瑜珥儲莫覓平衡權義利偏膺宿瘤困輿居
荒雞喚起迷離夢漢臘重占復旦初

舊歷除夕遺病

舊疾應隨舊歷除藥爐收拾敞庭閭璣衡已是更新政
衣褐無須問宿儲老至況逢多事日胡來莫覓避秦居

乾旋坤轉憑誰任慚愧葩經寢地初

癸丑年新正初離病榻叠前韻

藏霧蒙雲未祓除昇平歌舞徹閶闔文章品物窮天演金鐵泥砂竭地儲僅見豺狼當孔道那容鳦燕穩巢居商薇周粟銷沉久二百餘年賦遂初

夏日即事

茂樹初成蔭清和却勝常蘭陔棲翠羽葉沼集文鴦薄倦抛書臥餘閒飼鶴忙圓荷青可數隨意就朝涼

詩牌偶集

多金市蒲葵扶筇窺夏園豆莢點畦密茶花鋪地繁蟬

吟槐柳茂魚躍藻蘋翻一曲無絃操饒多眞趣存

雨後納涼

摩挲倦眼面蓮漪恰有微雲釀晚颸雀茗乍烹新汲水鴉雛羣噪夕陽枝澹如栗里因機息空到蒙莊與性宜一管湘毫半池墨者番小遣俗塵揮

和菊生再姪感懷原韻

舊韻新賡又十年奚囊叠叠浣花箋未聞間氣鍾奇傑獨見優塲貌昔賢廣厦莫偕寒士願綈袍何冀故人憐天荆地棘難芟刈咫尺康衢步不前詩禮都成蜉蝣年休論戴註與毛箋破除天理先神鬼

泯滅儒書後聖賢曲阜千峯瞻隱顯長淮一水賸悲憐
何須更藉秦庭火毳服巢居亦眼前

冬日遊左氏蔬圃觀飛行機有作

一秋少雨冬復晴裘裳單簡藜杖輕漫巡蔬圃強足力
長扶少叟相從行晙風徐來氣芬馥韭黃菘綠生意盈
坐觀童稚競歡躍忽然耳畔聆異聲由低而高遠而近
鏗鏘不亞豐鐘鳴或猜凍雷驚芽筍或疑鼙鼓催雄軍
理想形容猶未已天空有物馳奔雲初如狂飈搏巨鳥
繼如旭日推朱輪仰窮目力盡觀察始悉飛機試青冥
公輸之巧見今日縱橫升降隨人心傳聞製者屬閩籍

膽豪心細超寰瀛從斯推廣日增進駕歐凌美胡不能吾人但知爽心目描摹未肖述未精無已走筆記巔末尙覺紙上留餘音

酬湯夫人以詩序見贈 甲寅

吉光何意下靑鸞薇浣香薰不厭看自憾衰頹資倚杖龍門在望莫躋攀女宿光中第幾星化行南國仰芳型不期郢客荒蕪作得近才媛詠絮庭年來歐化漸東流釵弁平均角勝優願得扶輪施大雅仍瞻先犍重河洲

記得慈闈靄語傳嶄峯千仞秀參天予生也晚椿萎早
數典人前意惘然

仲春夜坐

再週漢臘多新致冬不嚴寒春又晴短褐常溫忘漏永
殘膏解凍覺燈明梅花待雪仍留蔕竹箭因風乍有聲
容得奚童安懶惰魚缸積水未需傾

春日郊行

紫陌輕風識面來艷陽天氣早韶回一灣沙漲鴉鋤暖
十里鈴旂鳳吹哀魚艇不離蓬戶畔鷺羣多起水雲隈
人心總有仙源憶溪上桃花何處開

分綠窗集付梓有作

西頭有屋蕉分綠少署窗名老倘仍六十三年身歷境
迷離鹿夢醒何曾
重憶陔華上口初歐幃夜課一燈孤奔丸激矢催殘臘
讀廢莪蒿憾有餘
元音正始久闌珊撫卷茫茫感百端空傍浣花門戶立
鹽梅猶未別鹹酸
和聲鳴盛溯乾嘉機杼文章艷一家屢刼滄桑藜火暗
文泉有句倘籠紗先祖文恪公有題嶽麓山文泉詩

貞林秋憶圖寗鄉程子大太守爲其女兒玉負女士作也女士名瓊教授箕仲先生第三女性孝摯明于少儀內則之訓教授疾亟女士嘗刲臂和藥以進而教授竟不起女士以爲內疚矢終身貞居以奉大母及大母卒女士不易初念以經史自娛著有游歷記一篇久爲士林稱誦予初識之於淑慎女校已佩其高雅復展斯圖更悉其操行奉題一章以誌景仰

一拳瘦石豬復蒼不磷不淄完堅剛梧楸離披衆芳落葱蘢獨秀女貞木女貞木何靑靑有客陟岡瞻予兄佩

兒之節寫兒臆圖成二妙興秋憶秋霜應候秋雁翔塤箎合調聲抑揚逸才天賦金閨彥明道那分釵與弁能讀父書師母儀朝溫暮凊無時離餘閒伴弟研六藝平居罕見申申詈不堪萱失椿又萎封臂無靈中懷悲請依大母終身世漆室鳴琴甘不字匆匆愛日薄西山痛深創鉅凋朱顏嬰流娥亞至情溢進士豈徒誇不櫛古心古貌飾不華鎔甄墳典如生涯周官音義東征賦今世宣文曹大家疇昔靑綾莅鄉塾瞻察言氣心形服星移物換又十年規箴猶凜塾中媛今日披圖仰高格恍挹清芬近瑤席千古丹垠重品題幽貞純孝容有極

分綠窗詞鈔

湘陰左念貽謹題

民國三年夏
五刋於長沙

分綠窗詞鈔

長沙劉 鑑惠叔

東風第一枝

題松香巖女史梅花册頁

鏤玉爲肌，雕瓊作骨，精神都聚緗帙。枝枝疏影如生，冉冉暗香微襲。冬心獨抱，渾不管、春榮秋感。似廣平、晴雪詩成，一樣丰姿俊逸。　費此日、聯吟翰墨，兆他日、和羹消息。追隨紙帳銅瓶，消受綺琴瑤瑟。羅浮夢覺，問仙眷、幾生修得。試和他、管竹同論，應是古今雙絕。

送春

纔是春來又看春去光陰直恁匆迫深閨罷理秦箏綺陌倦游金勒一樽清酒怎沃盡新離舊別最魂消柳上青旗不是舊時顏色　風颭颭游絲無力雨細細花容似泣紅銷鵑舌猶悽粉薄蝶衣帶怯曉鐘將到渾不止千金一刻積香堦絳雪彤霞明日倩誰收拾

惜餘春

本意

霧暗煙迷鶯嬌燕奼又是去年寒食柳絮池塘棃花院落光景不勝岑寂記得當時勝游蹴踘鞦韆都爲陳迹算經春贏得風風雨雨替花淒絕　難禁受今日輕寒

明朝薄暖半臂溫存時節無限新愁舊愁寫未三分早看盈帙待捲簾說與鸚奴偏是驚寒欲咽

八聲甘州

秋夜聽雨

聽敲窗點點復聲聲時候漸黃昏正香消珠帳燈炧玉几柝斷嚴城一片蕉彈竹響越越助淒清念十年舊事喚起從新　想像襟分雁斷更冰凝紅淚黛斂青顰任展衾偎枕好夢不容尋算來日西風簾捲黃花又瘦两三分待倚聲相和莫訴銷魂

鷓鴣天

閨情

一種悽霜釀雪天重幃深下護爐煙鸞臺對影還羞月鳳燭迴風轉燦蓮　釵墜燕鬢欹蟬年年錦瑟怨朱絃無聊最是簷前鐸竟夜琤瑽破客眠

擿罷江蘺感素秋離騷多半寓離憂機絲怕織鴛鴦錦柳色慵窺翡翠樓　霞散綺月懸鈎數盡賓鴻字字愁年年繡閣關情事獨倚銀屛看女牛

滿庭芳

端午

角黍輕投蒲觴滿泛天中恰又今年黃梅雨過風景喜

晴暄大好攜柑挈榼消勝節容與花前徵舊典五絲續命雙映袖羅鮮　名園宜畫稿紅橋屈曲綠水淪漣正柳拖金線荷點靑錢千古離騷恨事憑駝取競渡聲喧嬉遊倦搴裳歸去眉月映聯娟

中秋

霞綺初銷日痕乍沒微雲點綴長天銀河淸淺遥對一輪圓世界絕無塵到相掩映靄霧霏烟風過處奇香冉冉桂子落襟前　徘徊增逸興絃調綠綺曲譜華箋任滿身凉露猶醉瓊筵但願花芳人壽長此共碧海年年算此際廣寒宮裏霓羽正蹁躚

風蝶令

暮春

薄霧和煙靄飛花共絮飄春來春去雨瀟瀟祇有愁城深處不曾澆　燕剪乘風利鶯簧坐樹嬌嫣紅姹紫等閒銷留得三分綠意在芭蕉

春閨

柳帶牽離緒菱奩暈別痕惜花心思怕殘春似覺鶯啼燕語總銷魂　春去愁難去苔新恨又新晝長人倦不勝情那更一簾細雨鎖黄昏

行香子

遣懷

香送芙蕖蔭藉槐榆碧陰陰簟潤簾疏流光過隙好景休辜常作些〻詩飲些〻酒讀些〻書　牟黎面壁莊子觀魚貯靈臺誰慧誰愚求仙學佛別沒工夫但意毋嚚心毋燥志毋疏

春日即事

緑笑紅吟柳暗花明倚危樓曠性怡情誰家院宇簾幙深深正燕呢喃鶯婉轉蝶輕盈　一番雨過礎潤苔青小窗紗纖潔無塵筆牀硯匣在手隨身有幾篇詩數行史一張琴

望湘人

春日思家

悵熊湘浩渺雁帛稀踈幾見明蟾圓缺鬢髮蓬飛豐容菊瘦寬盡舊時裙褶人爲花愁花憐春老一般情切展吟箋寫未三分已是淚痕重疊　回憶故園初別正綺窗春到荼梅一色喜會集銷寒綠酒紅燈羅列關山遙隔盛筵難再遮莫絮萍鴻雪盼得個重泛歸舟已是經年離別

一翦梅

感別呈　慈大人長沙

夭桃穠李艷窗前紅也堪憐綠也堪憐一春長是病懨懨鶯也驚眠燕也驚眠　待傳尺素詢餐眠魚也蹤潛雁也蹤潛無聊獨坐數瓊籤風也聲連雨也聲連

露白霜清夜二更繡線初停寶鼎猶溫誰家怨笛和清箏未是愁人已是銷魂　六曲欄杆永漏凭月暗星明漢耿河橫清湘一水阻歸程望斷層雲悽斷鄉心

永遇樂

七夕

鈎月初斜蓮房半老駒隙如駛巧結蛛絲嬰浮蠟戲又見星橋起一般令序一般風景不是一般情緒最銷魂

香霧雲鬟夜永迴欄獨倚　不堪回首去年今夕同話長生舊史客旅三千相思十二屈遍纖纖指算來天上經年遙望也祇盈盈河渚渾不似人間離別慣是重山疊水

長相思

本意

雨霏霏雪霏霏楊柳年年發舊枝何曾管別離　怕春歸又春歸剪剪輕風透瑣幃羅衣欲試遲

瀟水流湘水流瀲瀲溶溶釀別愁酒醒何處樓　上簾鈎下簾鈎一度星河一度秋甚時旋客舟

風兒淸月兒明花影重重壓畫檽鴨爐香半溫　自行程盼歸程金錢買卜總無憑鱗鴈兩銷沉　別時笛聲殘漏聲殘折柳腔中夜倚欄琴停玉軫閒難會時難立盡西風鴈不還羅衣不耐寒

鵲橋仙

憶別

秋風異響暮雲奇色別怨常盈千古離亭柳線一條條織不盡愁絲憾縷　靑山重疊長河汗漫有夢也難飛度家家片紙託賓鴻那便把衷情細訴

點絳唇

感懷

燕子歸時重簾寂寂銀鈎靜霜寒露冷蛩語偏催憾
漫剪金荷再讀昨宵信難憑準衣寬帶褪羸得懨懨病

九張機

偶讀樂府舊詞仿作遣悶

一張機花枝連理燕雙飛輕絲未綰愁先結流光幾許
等閒拋擲無計喚春歸
二張機萱幃教織憶兒時柔荑玉映春葱削娘懷倚坐
分經析縷軟語笑生姿
三張機鸞臺待曉正容儀調羹洗手匆忙甚諸姑娣姒

矜奇鬬艷花樣共趨時
四張機畫眉窗下晚妝時讀書聲和梭聲轉衫痕鬢影
閒閒相對清課兩攸宜
五張機離多會少誤秋期星橋鵲駕傳言古七襄終日
愁腸萬結何巧到蛛絲
六張機鴻來燕去幾何時蠶蛾已化柔桑老玉關遙遠
征衣莫寄辜負手中絲
七張機晝長添線日遲遲蘭房自把工夫緊文鴛彩鳳
早教成疋比翼不相離
八張機拋梭轉軸費尋思深閨一自東君出織縑織素

都無興致停手漫支頤
九張機絲絲縷縷繫人思冬缸夏簟魂消盡甚時相見
璇璣共展詳繹錦中詩

絳都春

題富貴長春便面

雲容新沐愛輕脂淡粉艷生紈綺暈頰欺霞豐肌勝雪
欄杆倚瑤臺月下初淪謫悵塵夢憑誰喚起芳姿珍重
杏子衫前石華袖底　摩擬環肥燕瘦問當時若箇傾
城相似護取天香留想像雲裳金縷玉顔長駐春長在
好消受繁華富麗珍禽更助春妍雙翔綵翼

轉應曲

春思

飛燕飛燕常在梨花小苑謝秋歸送春歸不管花飛絮飛飛絮飛絮秋怨春愁誰訴芳草芳草綠遍殘陽古道釀新春送殘春總是銷魂斷魂魂斷魂斷惆悵夜舟曉岸

秋興

秋夜秋夜涼透水晶簾下風聲聲雨聲聲攪亂簷前鐸鈴鈴鐸鈴鐸那管助人離索明月明月照遍東吳南越怕離多更離多有幾同庭詠

歌歌詠歌詠常是更長夜永

浪淘沙

納涼

銀漢耿長天璧月初圓晚涼池館露涓涓幾葉新荷剛貼水如鏡如錢　短榻坐風前茗試清泉流螢熠燿下雕簷小扇輕羅新剪素撲向花邊

醉思還

秣陵除夕

梅邊柳邊燈圓月圓畫船簫鼓喧闐任籌添漏添　春先歲先今年去年一般風景堪憐更人姸夜姸

瑤天玉天明蟾素蟾臨春結綺雲連盡歌筵舞筵 車
聯轡聯塵纖霧纖誰從罨畫樓前拾遺鈿墮鈿

感懷

仙雲彩雲輕塵刼塵銀牀夢破難尋感釵分鏡分 三
生再生眞因幻因唾壺凝淚成冰間新痕舊痕
蓉城赤城瑤京上京無端白玉樓成拆鸞羣鳳羣 玄
冥窅冥修齡促齡茫茫長恨無垠任塡膺拊膺
長亭短亭山程水程當年別路曾經最消魂斷魂 文
鱗錦鱗書沉信沉聽殘雨鐸風鈴總傷心刺心
遙岑遠岑煙深霧深舊時析袂風庭又春新柳新 聯

吟和吟回文斷文何當錦瑟瑤琴絕知音賞音環輕珮輕花明月明長憐綺興飄零負芳晨麗晨瓊箏鈿箏淒聲怨聲幽窗瘦影殘燈賸愁身病身絲裙畫裙鴛衾鳳衾荀香消後無溫冷蘭薰麝薰松筠竹筠霜凌雪凌中天華月分明照形清影清

臺城路

題方湘賓秋窗顧影圖

簾衣鏡檻都如昨孤檠暗搖夐戶露滴銅蓮風欹響竹還認姍姍微步玉容何處覓一度秋聲一番淒楚顧影神傷那堪重憶舊眉嫵　人間恨事何許幸潘郎誄筆

能有千古白蠟同哦紅燈伴讀想見相莊情緒瀛寰修阻問鈿盒金釵幾時寄與緣續他生恐鬢絲如縷

秋感 時侍宦江甯節署

秋堦寂寂秋螢聚秋扇乍揮餘暑雁唳新霜蛩吟冷月悵觸秋人情緒欄杆倚處聽廿四紅橋簫聲如故金粉飄零臨春結綺在何許　開編幾行斷史歎今來古往龍蟠虎踞駐馬坡前磯祠畔猶見斜陽故壘夜闌燈炧漫拂紙抽毫徬徨自語譜入新詞更悲涼無數

梅花引

別仲嫂

淒淒秋色黯離亭怕分襟又分襟魂向當初消盡況而今最是無聊牕外雨一點點一聲聲不堪聽　蘆汀蓼汀舟半橫新别情舊别情訴也訴也訴不盡握手叮嚀莫似飄萍落絮兩無因後夜燈前今夜事從袢袂細思尋再思尋

陂塘柳

題菊生再姪涤江吟草

悵人生水萍風絮搖搖聚散無主湘江粵嶠年年别一種牢騷如訴開卷處有多少名流跋序非虛譽雕龍繡虎似開府清新參軍俊逸組織紹機杼　休懊惱今日

門庭非故吾家佳器深許詠歌已足超羣季兄更窮探册府舒眉宇終有日鵾鵬展翼青雲路藜光重炬看步武前徽甘回蔗境不負此辛苦

綺羅香

梅影

竹外橫斜松間掩映一種丰姿如畫燭粲紅窗遮莫海棠初嫁凴畫檻縞袂微飄倚冰奩玉釵低亞最憐他雪冷霜寒素質娉婷伴長夜　含章朝日映射夢醒妝添粉額風流重話待覓芳踪強半雕簷曲榭殘陽晚疊疊重重增逸韻山茶開乍擬當日萼綠華來佩聲明月下

西江月

詠海棠

帶雨盈盈欲淚籠煙脉脉含情緣章誰爲乞春陰護取輕妝倩影　重葉棲宜綵鳳嬌紅艷奪啼猩華清睡起寶釵橫珍重露寒風冷

滿江紅

聽雨

秋思無端更窗外雨蕭風瑟推病枕一番浩歎滿懷淒切銀漏無情偏妒夢玉壺有淚皆成血恨年來雙鬢不禁愁依稀白　難解却眉間結翻觸起心頭咽念十年

舊事憑誰細說殘燭暗銷金鏡影薄寒悄透羅衣褶助蕭條竹響更蕉彈無休歇

聞蛩

急管繁絃曾數盡胡笳湘瑟渾不似此聲幽怨助人淒切四壁窮秋歐子賦一庭芳草萇弘血問終宵唧唧復噥噥將誰白　生似寄愁如結零露冷西風咽試呼燈臨砌牢騷共說萬種新愁消復長幾行舊史開還褶聽鄰家一片擣衣聲爲伊歇

聞擣衣

剪尺初停是何處碪聲瑟瑟剛引惹愁絲怨縷幷刀難

切萬里關山戎馬恨三更風雨啼鵑血悵侯封多肯誤
金閨烏頭白　香篆冷流蘇結腸欲斷心成咽況鱗鴻
久滯有懷難説曉鏡凄凝紅藥淚秋心恨卷青蕉褶漸
星移斗轉不勝寒餘音歇

聞擊劍

彈鋏聲來抵多少哀琴怨瑟塵世事轉篷無定徒增悲
切昭烈情傷髀裏肉侍中憤灑襟前血到而今髖有蔣
山青吳江白　追往迹眉如結悲近事心尤咽歎冶金
躍躍有懷空説紫氣冲霄形欲化鐵衣轉戰寒侵褶奈
青萍結綠亦空談雄心歇

感懷叠前韻

夢破三更風雨亂寒衾縮瑟增幾許凄凄冷冷淒淒切切少日烽烟摧骨肉衰年况瘁勞心血願將來彤史不辜人留清白　解不脫春蠶結聽不盡秋蛩咽歎九閽玄邈莫容陳說日遠長安遲竹訊琴鳴漆室寬蘭褶待挑燈細細譜傷心鼉更歇

庚子感事

風鶴驚心家書梗夢魂飛越深憤憾頑民悍族禍延君國蠶食鯨吞東道盡狼奔豕突神京兀最堪傷宫府半凋殘金甌缺　求言詔幾微澈匡時略條陳切歎餉儲

匱乏莫紓籌策革舊維新期後效臥薪嘗膽遵前轍待從容再復富強初恢宏業

烽火經年慟幾輔首罹浩刼想當日翠華西指倉皇急迫羸馬敝車顛越險豆羹麥飯供承缺况長途十戶九無人增悲切　天潢胄聲威歇台衡宰猷爲竭奈聯邦十一互施抑勒賠欵止兵和約定達聰明目邦交協慶堯天重整舊朝儀臚驩切

金縷曲

題菊生詩集兼賀留鬚

高調託詩酒問靑蓮長安市上百篇幾斗戛玉敲金音

律細不是尋常刻鏤賭雙頰鬑鬑新有湰水湘波無恙在撚吟髭正好消長晝分與寸莫輕負　艱時那更逢陽九最驚心萍氛未已叉愁淮溜徧野嗷鴻方待哺杯水車薪焉救挽刼運何從藉手髀裏肉生時已逝趁英年努力承堂構國民分怎居後

和文靜芳女史金縷曲原韻卽以贈別

冰鏡開仁壽坐青綾春風時雨薰陶羣有鸑鷟鵷雛相濟美況是忠貞裔胄秉家學才華天構萊舞北堂增景福補箕詩愛日暉晴晝深引領德音懋　搜奇攬勝胸襟富好江山靈鍾秀毓鸞溪慕阜千里歸帆如箭急那

管春波吹綴思此去歡騰黎首瓊樹瑤枝森玉砌聽簫聲更進娥臺酒期後約再攜手

敬怡五姪出使三韓奉賀 仲嫂

天錫喬松壽羨君家清才濃福此生兼有日下驂騑馳貊耳五族歡迎貴冑問歐荻幾經締構璋珥球琳都入貢遂初心頤養蘭陔晝叉看取孫枝懋　經厨册府搜羅富正綱維里閭矜式風敦俗阜更喜左芬詩畫筆腕底風皴雲綴歌遠上望塵低首指日題襟歸遠客一家詩共進花前酒推巨擘是誰手

菩薩蠻

四時倒句

曉閨春夢驚啼鳥鳥啼驚夢春閨曉蝶黛染修蛾蛾修染黛蝶

戶庭飛柳絮絮柳飛庭戶芳草碧生香香生碧草芳　春閨

粉融脂暈香留枕枕留香暈脂融粉紈素馥芳蘭蘭芳馥素紈

晝長初倦繡繡倦初長晝陰柳靜蟬吟吟蟬靜柳陰　夏閨

綠雲香鞾雙釵玉玉釵雙鞾香雲綠鈎月對人愁愁人對月鈎

葉紅題恨結結恨題紅葉碪暮急高城城高急暮碪　秋閨

雪欹梅影窗横月月横窗影梅欹雪銀甲冷調箏箏調冷甲銀　絡珠垂錦幕幕錦垂珠絡寒漏滴更殘殘更滴漏寒冬閨

菩薩蠻倒句

題田妃試馬圖

柳煙搖影鞭垂手手垂鞭影搖煙柳腰細結珠縧縧珠結細腰。寸蓮金踏鐙鐙踏金蓮寸鞍玉怯衣單單衣怯玉鞍。

題楊妃出浴圖

水亭荷馥芬羅綺綺羅芬馥荷亭水花露濯清華華清

濯露花　媚生人薄醉醉薄人生媚涼簟玉凝香香凝玉簟涼

題班妃擣素圖

路生苔處經鑾輅輅鑾經處苔生路衣擣夜霜凄凄霜夜擣衣　燕飛嗔影倩倩影嗔飛燕紈扇掩妝殘殘妝掩扇紈

題江妃詠梅圖

曲屏圍座輝華燭燭華輝座圍屏曲梅詠紀閨才才閨紀詠梅　晚妝慵櫛盥盥櫛慵妝晚紅淚泣樓東東樓泣淚紅

過故宮 雙聲

樓廊泠落蘿連路流離歷亂憐涼漏蘭勒六龍來鸞輪
碾綠萊 簾櫳留荔栗貍烏聯林立南内淚零鈴菱奩
泥露凝

題美人雙燕圖 回文

差參燕剪雙棲穩護花鈴畔窗紗影人倦倚疏簾春薪
思綺年 如茵苔簇徑瑤砌紅鋪杏芳桃穠膩妝鸞鏡
曉生香

春閨 回文

綠裙褪褶宮衣減客途長滯郵書遠春思曉添愁閨人

倦倚樓。瓊箏調靜苑深。怨眉梢斂翠屏窺。囀鶯新柳綴風輕。

虞美人　回讀七律一首

送重伯姪北上應禮部試

行行重叙離筵酒。戰茗支殘漏。詠歌清影竹林閒。目極遠程鵬翮奮霄摶。名聞早捷誇衣錦。緅拾重陔近。炬蓮盈案御香芬。指顧玉鞍橫駿馬蹄輕。

憶江南

詠懷古蹟

江南憶雲擁冶城西龍化蛟騰留劍血越城吳沼賸淒

其烏雀不成啼
江南憶淮水鑿從秦在昔曾聞王氣伏祗今惟見女閭興漢後幾朝更
江南憶舟泛蔣陵湖白羽千秋崇廟貌紅衣一色燦芙蕖靈響未憑虛
江南憶秀聳小姑山一曲繁霜侵曉幙千尋白水照烟鬟讕語太無端
江南憶駐馬漢時坡十字劍文餘恨石三分鼎足付流波壯志總消磨
江南憶隱隱落星樓薄暮珠簾疑捲雨連雲兵器尙嗚

秋一水近芳洲

江南憶風景悵新亭滄海桑田情萬變黑丸白子戰雙枰有淚向誰傾

江南憶桃葉渡頭花畫槳輕篙人宛在夕陽流水思無涯誰爲譜紅牙

江南憶古巷問烏衣燕子不來春已老門庭雖在主全非裙屐想當時

江南憶潮打石頭城粲死淵生昭史論成王敗寇屬天心險峻究何憑

江南憶故址認唐宫儘有銅駝埋草碧那尋玉輦駐羅

紅烟雨渺茫中
江南憶灩灩莫愁湖名將風流棋一局美人眉樣柳千
株併入輞川圖
江南憶三閣久荒蕪皎月天空仍似璧御河水涸已無
珠練影一痕孤
江南憶楊柳白門秋踠地長條牽舊恨撲簾飛絮黯新
愁消息近紅樓
江南憶小雨杏花村十里紅芳飛社燕幾家青旆引遊
人仿杜盡成醺
江南憶涼夜翠微亭對闥芙蓉青欲雨隔江歌管響穿

雲溽暑幾曾侵
江南憶縹渺雨花臺低澗舊留功德水高岡新剩刼餘
灰松塔白雲隈
江南憶舊内遞張徐敗井頽垣留想像兎葵燕麥自扶
疏易世總成墟
江南憶翁石血留痕貞婦墮江江共潔孝媛沉水水逾
清鸞燕恰同塋
江南憶木末有方亭一字書成倫紀重千秋名在死生
輕憑弔幾沾襟

月底修簫譜

冬閨曉起

畫屏開珠幔捲蓮穗裊殘焰碧瓦留霜做冷襲銀蒜昨宵茗話遲眠餘香滯夢支繡枕惺忪猶倦　衾重掩待看旭日穿檐臨妝試勻染坐近窗前冰蓋結晶硯最憐九九圖成紅芳一色早暗裏流光輕換

如夢令

送別

喜得頻年相聚怎又襟分兩地坎坷復多離未識蒼蒼何意須記須記莫忘雙魚遙寄

我是慣傷離緒怕聽一聲將去惜別儘牽衣也沒方兒

留住延佇延佇今夜泊舟何處

青玉案

對月

珠簾高捲銀鉤護喜留得新涼住蕉影橫窗回記取去年今夕金樽佇月衣染花梢露　倚樓人似當年否長笛聲聲恰如故待覓神槎天漢去玉宇高寒瑤臺邈遠霓羽今何處

水調歌頭

戊子中秋煦園對月步蘇文忠韻

正好一輪滿舉首企遙天那堪雲護烟靄惆悵又今年

四昶亭空望遠處處珠簾高捲風送碧簫寒把酒佇良夜馳想玉虛間　譜新詞賡舊調破清眠多愁善病一生能見幾回圓勝地名園常駐儘我怡顏悅性樂事敢求全玄鶴恰解意當戶舞便娟

壬子中秋步蘇文忠韻

明魄幾生滅依舊麗高天浩然奇氣存否磅礴感當年愧我蕭蕭雙鬢莫覓還丹換骨長耐五銖寒心迹託柔翰思發詠歌間　桂飄香桐漾碧伴遲眠笑看宇內雲開又捧一輪圓三徑健扶藜杖一室歡騰竹馬少長喜齊全盡醉極幽賞不負此娟娟

癸丑中秋遣病

暑退覺神爽捲幔獨俄延鎮日藥爐相伴興致迥從前況是天驚石破多少興亡感觸何意鬭又尖祇索壓衾枕帶病遣愁年　漏聲催鈴語和不成眠披衣舉首當空正對一輪圓莫問珠宮環佩莫管紅塵離會收視却紛煩銀漢閒如許何處叩眞詮

醉花陰

春暮

蝶倦蜂殘花事了人媿看花老風雨又連朝薄暖輕寒添得愁多少　春來何似春歸好遣去閒煩惱時節近

清和綠葉成陰梅子枝頭小

賞月

銀漏遲遲涼夜永坐月添佳興吹笛是誰家三弄穿雲河澹星流影　廣寒宮闕遙相映桂子紛成陣竊藥笑姮娥碧海長年恰與天孫並

沁園春

詠指甲

秀茁蘭芽齊分葱管別樣尖尖記繡罷紗窗殘絨漫撥妝成曉鏡螺黛輕拈細剝瓜仁微敲棋子步屧虛廊裙半褰添香倦偶支頤小坐霞臉痕纖　新橙乍剖猶憐

閒鬭草花梢紅暗黏想麻姑初降長堪搔背玉環薄醉
嬌欲扶肩笑撚青梅戲抛紅豆瘦削斜鈎翡翠簾銷魂
處是鳳仙纔染月昃星圓

金橘對芙蓉

立春

玉箸初銷金貂覺重宜人一片晴暉正青旗鬭艷綵勝
爭奇王孫陌上歸來未騁驕驄滑滑香泥珠簾捲處草
芽匝地菜甲盈畦　從斯綠瘦紅肥好齊紈撲蝶魯酒
聽鸝漸花朝冉冉寒食淒淒須臾又是重三近待安排
曲水流巵韶光九十風番廿四都入新題

分綠窗賸鈔

湘陰左念貽謹題

民國三年夏
五刊扵長沙

分綠窗賦鈔

長沙劉　鑑惠叔

文瀾賦　以波瀾獨老成爲韻

惟文章之變化貴簡練而揣摩溯詞源兮倒峽逞辯口兮懸河泛溢思潮讀五車而來貟汩汩涵濡筆陣掃千軍而善本多多搖將銀海之光浮疑漂麥潑盡墨池之瀋蕩欲生波爾乃文淵溥博文囿洪寬觚操翰染錦簇花團融液典墳漱藝府之芳潤鑽研子史澈言泉之汗漫擬他時道岸攀登胸還吞渭視此際心源活潑舌擬翻瀾含古茹今連篇累牘選色配聲洞心駭目淵源有

自昔觀史而觀圖淥雪多年想潤身而潤屋有長江大河之氣弈世羣驚蔚韓潮蘇海之觀書城步獨則見其思湧滔滔歌傳浩浩吸盡百川氣淩三島淩波有情如瀾欲倒作字皆成香象浪卷風生此技雅近屠龍文奇格老況乎今世時和政平河流奏瑞天宇蜚聲或右文以稽古或籲俊以集英或搜遺珠於滄海或藏祕籍於西清億萬年大啟鴻圖持衡術慎三千客同遊閬苑濡筆詩成

夜雨賦 以小樓一夜聽春雨爲韻

林鳥初棲松風驟繞月暗九霄天昏八表寒剪剪以侵帷夜沉沉而待曉正是春臨萬戶橐籥喧闐何堪雨聽三更樓居扁小時或帆歸遠浦釣歇漁舟烏篷蹙浪碧澗添流感渭城而輕塵莫浥話巴山而歸計難倖點點聲聲若委露而陰連岸柳淒淒淅淅似跳珠而響送江樓又或靑射書燈白生斗室潤欲生香泉堪滌筆譬流粟兮蕭蕭訝臨蕉兮瑟瑟天地之施至普占化育於重三陰陽之氣方蒸測端倪於太一乃有孤館長羈征驂待駕家遠書沉思深別乍銷魂兮角枕輕衾結想兮梅

窗松舍際此堦喧簷滴那尋蝶夢於甜鄉和他鵑語烏嗁但數鷄籌於獨夜更有深閨佳麗繡閣娉婷香銷寶鼎戶掩重扃悵池冰兮若擊嗟燭淚兮同零驚心花落花開顰眉若斂到耳聲連聲續擁髻愁聽亦有灌園野叟寄傲高人藝花蔬以養性結魚鳥以爲鄰或待修桐而尋箬笠或親翦韭而佐罍樽蓬巷深深文杏共夭桃一色疏籬曲曲麥苗與菜甲俱春以潤以油如絲如縷降本知時塊無破土或因喜以名亭或乘膏而治圃曰甘曰澍流來總是恩波宜麥宜禾散去都爲霖雨

新秋賦 以惟有新秋一味凉爲韻

蓐收兮司令，少皞兮乘時。金鳴兮鐵震，竹瘦兮桐萎。信天地之宜肅，豈草木之無知。憶他歐館攤書，吟秋賦幾增索莫；憐彼御溝寫葉，製袍人別有思惟。當夫銷豔景於春初，際清和於夏首。扇甫藉乎蒲裁，衣旋辭乎葛受。聆蟋蟀之居壁，睠蠨蛸之在牖。人生幾何，時佳節一揮手；月明盡望，問秋思兮誰家；年穀將登，卜秋成兮大有。則見夫雲羅散綺，日馭推輪，湖平水降，岫疊螺皴。溯伊人兮天末，跂彼美兮河濱。陰陰楊柳池塘，依然翠繞；冉冉菊花時節，又近霜新。羌乃箏排珠柱，簾倚玉鉤，烏號月落燕别巢留葵向陽而實茂桂結蕊而香稠一夜清商傳遍萬家碪杵千山落木催殘幾度春秋時也秋興凋零秋聲蕭瑟秋樹森森秋蟲唧唧絢秋山之妝容横秋河之練匹攬秋華於舍外徑數三三走秋露於盤中珠穿一一至若北陸躍而秋日高南極輝而秋星蔚讀陵書而心嚮羣吟諷毛詩而心悽百卉螢聚兮窗明茶溫兮鼎沸騁懷游目漸近乎持螯把酒之天却暑清心再思乎沉李浮瓜之味歲序茫茫雁唳鷹揚孤村樹老别浦葭蒼張季鷹蒓鱸在念陶靖節松菊猶芳儘教作賦登高曠懷今古何用倚樓弄笛曲奏伊涼

雁字賦 以八月書空雁字斜爲韻

隊列紛紛，聲聞戛戛，霧結銀書，霞催玉札，爲傳尺素，倩紅葉以標題，待遣鄉心，逐輕颸而振刷。記得春分謝別，時逢月琯之三；此番秋社來賓，法擅鴻堂之八。羌乃鶻掠丹霄，鷹摩紫闕，蟄砌猶吟，蟬琴早歇，落葉兮蕭蕭，流光兮忽忽。正是殺青之候，氣肅林霜；何當飛白之來，泠隨關月。則見其或斜或整，或疾或徐，似蠶食葉，似鶴淩虛。儼含毫兮不苟，試潑墨兮何如。從教字誤魯魚，迥非蠹蛀；縱使形成蝌蚪，不是蟲書。時則月如鏡朗，烟若紗籠，行行鏤雪，陣陣生風，若龍文而隱顯，如鳳諾而近乎遒雄寫裙幅兮依稀波澄白練界烏絲兮恍惚紙藉青空至若翮振危峯影涵低澗密密疏疏連連貫貫過高柳以翺翔落平沙而顧盼雪泥斜印儼然裔裔鶩鸞蘆管摹銜正好嚨嚨鳴鴈爾乃吉士悲秋美人失意甲枉藏胸眼惟蓄淚覊客旅兮長鋏空彈織回文兮修途莫寄書經十上亦成泛泛之辭别理千端數盡人人之字然而人心易感物性無奢勁氣别伸龍屈蠖奇文異走蚓騰蛇帶來北嚮離情併秋懷兮欲寫歷遍南湘風景問秋思兮誰家快雪時晴信籠鵝之可換長天水接趁飛鶩之多斜

雪花賦 以與梅併作十分春爲韻

一望兮藹藹浮浮飄飄皋皋素奪鵬羣光聯鷺序質皎潔以輕盈勢迴旋而凝佇散從天女視空色兮何殊詠出謝庭問絮鹽兮誰與當其長空毳舞大地瓊堆緣甍壓棟封徑循陔雁引吭於雲表鶴顧影於林隈梁苑清游咳唾落九天之玉含章倦臥宮妝助五出之梅若乃潔儷幽蘭濃羞文杏接萱草之芳香伴水仙之清靜飛還入硯訝柳橋晴絮之天臥孰敲門擾紙帳夢梅之境燦江毫於不意藻彩紛披染潘鬢以何心悔愁交併至其高颺層霄低侵繡箔時晴而字換籠鵝觴詠而輝爭

鞶鶴儼檄傳於唐后樹盡璇䴵疑綵剪於隋宫枝盈珍錯麥秋預兆何時慰石戶之農詩思重尋有客憶灞橋之作乍屑銀沙旋抛玉粒着樹疑開黏衣欲濕孕三十六宫之春色花訊會探釀一百六日之春光花番慣習遮莫寒司暖令陽烏特曜乎重三分明景似春華月琯正調乎第十時則暖寒作會高彦如雲興言避席揣稱呈文似酴醾之澹冶似梨蔦之清芬似蘆飄而江波瀲灩似綿布而湯谷絪緼瞿沁桃紅紀洛兒之韻事舟迴水綠傳訪戴之奇聞論他黨濁陶清賞心別具羨彼鄒淵枚博險韻同分乃爲之歌曰雪之白兮遠纖芥之埃

塵花之倩兮具綽約之丰神藐姑射之山兮厥有仙人
耐素娥之孤冷兮列青女於主賓屏鉛華而不御兮全
皓然之天眞擬撰辭而狀其儀態兮愧識陋而語陳安
得輞川之精繪兮羌着手以成春

櫻桃賦 以紫禁朱櫻出上闌爲韻

有含桃焉品質雙佳色香並美厨勝天官宴誇進士花開則澹若煙凝實結則赬疑霞起記稱觴於夏首粉悉辭紅誇入夢於午餘袍旋換紫吾想夫植御苑則溫樹交輝賜廷臣則太官是任當桂殿而風清伴薇垣而日蔭懷將仙核襟袖俱香嚼彼金丸齒牙皆沁最愛和羹香酪摘向深宫雅宜寒〻配蔗漿傳來紫禁其或午風檻倚斜陽徑鋪玲瓏萬顆的皪千株涵月色而光迷瑪瑙貯絲籠而艷奪珊瑚金彈擕來隱嬌嬪之翠袖玉臺妝罷鬬麗妾之唇朱以彼因鳥銜而取義由鶯竊以得名

勝事並調冰雪藕好景似綠橘黃橙製餔則棗梨並美薦廟則椒糈同呈問誰解說長安佐珍厨而兼紫筍即此已驕越國遜鮮荔而詡朱櫻當其沃土初培靈根乍茁幾樹叢遮千枝蒙密訝火齊之曄曄煌煌宛木難之離離乙乙恰趁零零玉露好教此果先成却憐草草春風又共新豌分出爾乃製錦爲幡裁紈作障葉後花先幹舒枝暢異菱蓮之在藻須涉水以相尋匪葵藿之當階每隨陽而獨向但摹形似擬隨紅豆齊拋倘較鮮妍不讓丹榴居上更或垂簷欲滴匝樹如攢非田瓜之足匹非囿杏之可餐非桃熟而三偷可紀非梅遠而一望

生讙非李咽而人來匍匐非柰棗而地屬荒寒漫言果是君家對客而春生瑤席恰似莽生瑞實臨江而日麗重闌

紅豆賦　仿庾子山春賦體

飛花閣中花正飛宜春院裏試春衣枝頭柳綿吹又少陌上王孫去不歸去年春遲成實稀今年春早成實密風前撫景魂欲銷雨後攀枝意如失凝玉壺而化淚映榴裙而爭色鸚啄粒於銀架鵑啼血於珊柯對春草兮碧色渺春水兮綠波盒欲開而心苦酒未醉而顏酡見難别易愁長怨多銷豔景於重三歷花番之幾度曾傳記拍之奇莫悔拋泥之悞擬朱櫻而競美訝丹砂而卻步年華冉冉芳訊遲遲圓欺囿杏秀奪江蘺桃腮釀雪梅額凝脂黃鸝初囀候紫燕乍來時祖帳當前鞭絲欲

逝悵考藥以將離搴杜蘭而攬涕雁帛稀逢魚書長滯相聚幾何時相望渺無際瀟湘帝子洛浦仙姝長凝淚竹空采蘅蕪蒼梧不返良會終殊靈旗蔭神渚文履寂山隅物乃東風之華實人亦南國之麗都璇璣悽遠道河漢耿天衢相思樹老愁痕新離會何分仙與人匝地芬葩豔盈畦細粒匀笑猜籠翠袖閒數炫羅巾荳蔻窗前夕照斜火齊一抹豔如花年年三月春如錦複水重山夢到家

蟬蛻賦 不限韻

仰鴻鈞之布令，撫駒隙之如飛，循時序以遷變，顯造物之精微。務明火而振樹，儆避雪而乘暉。笑鵾鵬之獨運，宛蟪蛄之忘饑。此固關乎夏秋之衰盛，亦莫外乎動靜之樞機。翳彼微蟲，厥名曰蟬。輕軀綽約，瘦影蹁躚。乍嘶風於柳外，旋咽雨於槐邊。或諧聲於蚓笛，或助響於蛙絃。訝鳴機之能織，嗟好夢之成煙。晝扇則風生袖冷，招涼則露滴珠圓。駱子則南冠獨悵，魏宮則薄鬢爭妍。空望齊之有淚，恒顧影以相憐。號寒心事，歲歲年年。載翻載飛，倏喧倏止，入耳偏清，驚心欲起。放臣則興感於行歌痾僂則凝神於仰視戛古調而琴彈聽暮吟而杖倚晝永如年誰能遣此梧桐落兮炎暑收星月皎兮夜悠悠燕辭梁而粉墜螢入幕以光流製錦則霞飄錦怨題紅則翠斂紅愁鷹摩空兮霜肅蛩語壁兮風遒籌添兮玉漏箭急兮銀虬吟復吟兮歲欲暮化復化兮氣之秋白露瀼瀼蜕解霓裳啾啾庭院嘒嘒林塘依稀抱葉隱約含香匪將軍之負腹似公子之無腸或備藥籠之選擇或存貂珥之文章年若登乎龜鶴捕無患乎螳螂斯蓋陰陽之鼓鑄又豈肅殺之能戕於是託微詞攄藻思感消長之無窮念盈虛之有自飄飄兮若嬙倩之魂留

栩栩兮似蝶莊之夢異羽化欲登仙浮生儼如寄詩仿
孟以銷憂賦擬歐而寓意傷蒲姿之易零恒望秋兮隕
淚乃爲之歌曰天宇寂寥兮河漢清級蘭佩兮餐菊英
慨萬念於都了兮何塵抱之相縈彼纖纖之物性兮亦
應候而枯榮悵微生之多疾兮恍坐困於愁城噫吁嘻
朱顔若可以長駐兮吾思訪丹訣於瑤京

擬庾子山小園賦 依韻有序

庚戌春予築可園落成奉　母大人養痾其中暇則剪畦韭以佐春盤賞池荷而清夏氣雖巢扁壺隘慈懷不以爲陋未半載而萱闈棄養好景空辜荏苒星霜又將一稔鵲巢鳩占莫可如何爾幸鑄劍銷兵珠還合浦始獲花鳥重親紓我鬱抱爰磨墨伸紙以賦其事其辭曰

三徑迂迴相地封坏移株鳥避鑿井泉來室雖隘而容膝池雖曲而流杯羗容與於月榭罔占驗於星台乃有桒畦十餘行瓜田百數步木槿補疏籬穠桃綴芳樹牽

蘿蔓於低垣布苔菌於僻路任散慮以逍遙毋關心於喜懼藻混蘋淆菱芡根交蛙鳴水次筍出牆坳麂眠新作棚鵲噪舊營巢茶乍烹而掃葉酒未飲而懸匏霧靄靄兮鷹飢木陰陰兮燕遲風送爽兮吹戶雪侵簷兮葺茭水橫波目山列黛眉安我琴鶴謝彼蓍龜儘有盤桓之暇不悞耕耨之時紅榴綻珊齒素藕雪銀絲信今來之可樂奚古往之獨悲綠滿周窗之草翠蔭坡居之竹樂無藉乎葠苓壽且延乎杞菊聃古檜兮婆娑對孤松兮鬱蔥退筆盈床藏書接屋即此草閣蓬窗亦視瑤臺金谷晷莫留乎寸陰髮莫勝乎華簪歷銀蟾之明晦悵

錦鯉之浮沉長夏風光可挹陽春煙景相尋値愛日之將夕慟蕭風之撼林屠蘇有後飲之歎萱草鮮忘憂之心歌介眉而絕酒操履霜而遠琴況復病在腹心損神伐性枉蓄三年之艾莫去七年之病胸若失乎智珠顔早頹乎曉鏡豈怨天以尤人恒知止以安命少日蘭閨重愴提携上書鍾意之女織錦竇滔之妻菽粟在釜藜藿盈畦詠白華而晝永濕香霧而雲低幾經乎霜嚴日烈長聽乎雨咽風嘶浩氣呵噓蕪境甘餘無景不淑有懷可書縱茅龍之在望非幻蜃之成墟斯歌備乎斯哭吾自愛乎吾廬時則承盤露竭金甌瓦裂詩三百興感

流離賦两都文系生滅婁師德惟唾面自乾陶淵明豈
弓腰懼折念先澤而閥閱凋殘指關山而親朋斷絶每
傷南浦之波空擬謝庭之雪噫嘻蒲柳秋零桑榆歲晚
溯患難之遭逢問年華之近遠風聲鶴唳皆驚乾軸坤
輪空轉兎且有三窟之營人何計九折之坂問前路兮
茫茫繼餘生之渾渾

擬潘安仁秋興賦 壬子

自瞻漢臘倏感窮秋一稔内止于村止于城不遑啟處風有聲鶴有唳皆足驚魂僕本愁人况臍痼疾指囷已竭郤病無方徒喚奈何而已邇者輓安燕幕載别江鄉東壁之圖書無恙西山之暮日重延展卷風簷以詠以歎於時秋也因秋擬賦仍以秋興名其篇其辭曰

陰陽運其鼓鑄兮萬物遞其消長愴肅殺之遭逢兮極飄零之景象遵西園以遊目兮循空階而悵往集悅悴於微生兮曷嗣音於清響信乎宋玉之九辯曰竊獨悲

此凛秋白露既下降百草兮奄離披此梧楸乃白露凝而爲霜兮匪梧楸茂而能戰況肌骨之非金石兮安隨草木以枯菀顧四愁之莫盡所思兮何七啓之能如願噫世何年而不秋兮秋何人而無怨目送飛鴻情傷去燕紈扇初捐袷衣待換斗杓兮西指日馭兮同轍仰觀兮列星俯步兮明月悽復悽兮歲序馳悲莫悲兮關河别曾芳靄之幾何兮倐玄鬢之如雪感素娥之淸冷兮憐青女之幽潔乃薄寒之耿夜兮更勁氣之侵衰雨敲窗而破夢兮風捲地而飛埃蟬蜕衣於樹杪兮雀化羽於林隈撤補籬之枯槿兮除匝地之荒苔池泥涸而芰

藕兮瑣窗寒而種梅紀清和於夏首兮瀰艷陽於春臺盼黃綿之共暖兮聽白鐘之頻催彼生繁而實茂兮亦雨釀而暘培翳豐稔與歉薄兮悉造化之主裁紛吾既生此濁世兮亦隨波以逐逐訪霓羽於明蟾兮摹古調於黃鵠仙掌怯而露盤傾兮道心生而塵網束寄蜉蝣於天地兮視利名如桎梏與沉淵以覓珠兮甯抱璞而韞玉慨世情於雲薄兮歎霜根於篷轉感入洛之機雲兮羨竹林之二阮顧楚材而晉用兮亦何戀乎軒冕夜參半而不寐兮願得思而把卷珍惜乎分寸之陰愼攝乎桑榆之晚容與逍遙樂此清散

擬班倢伃擣素賦 用原韻

維斗杓之西指適寒氣之將臨鶴沖霄而引吭鴻遵渚而傳音步玉階兮悄悄掩羅幙兮沉沉撫韶華其欲老寧舒慘之去心於時椒房夜靜桂莚香清漏長漏短煙輕霧輕遠上宮之歌管違昭華之玉音銖衣薄而慵試零露泥而下庭既縑瑩而素潔亦璧耀而珠明爾乃薄倦容儀微吟意致秋水同清朝霞並麗膚凝積雪以皚皚目燦明星而晰晰瓠綻犀以方其齒櫻吐絳以喻其唇柳侵眉而點黛桃暈頰以生春穠纖合度倩盼流光腰如素約氣勝蘭芳低鬟螺膩薄鬢蟬張笑言婉娩動

定溫良羗乃展冰縠鳴玉砧颭釵聲搖珮音初將連而復斷繼欲浮而轉沉終含商而調激又觸徵而哀深離鸞別鵠裂石震金幽淒高筑靜越鍾琴乘天籟之泬寥屛塵氛之複雜匪笙阮而雍和匪塤篪而翕合或高下以抑揚或往還而遝沓五聲相和六律有本愴紈扇之辭秋陋歸風之送遠願賜問而涕垂申禮防而容斂翳掩袖之見讒匪承恩之恨晚時既夕矣霜鋪縞練月冷青琴孔雀贅齎幺鳳遺音湘瑟迢遙以相應緱笙縹緲而和吟況乃怨慕切而傷神拂鬱深而損性貞慤勉爲歡幽憂曷相病賡葛覃之詩諷絺綌之咏卸砌滑而搴

裳瑣窗寒而輟鏡辭既妙於色絲機巳成乎丈匹冷增城之淒風溫長信之愛日嗟流光之若駛悵回天之無術鳳伍鴉兮滋疑蘭雜艾兮生媿銜金釭以照影展長袪而揾淚念墜歡之莫續恆修正以清襟出纖纖之素手感寸寸之靈心握象管而欲揮懼鸚言之慣泄空張明月之輝莫解修蛾之結聽鑾輅之轔轔息清響而嗚咽

螢火賦

維玄黃之運化乃洪纖而不遺彼么麼之微質咸煦育以乘時顧星星之爝火多燄燄於水涯似懸黎之炫耀似夜光之陸離繞疏簾而巧入經暗室而潛窺羌甄述於月令實胚胎於腐草乍蠕蠕於夏殘旋耿耿於秋早恒喜昏以惡明每就濕而遠燥不假金烏之輝不慕玉蟾之皓隨二氣以絪縕展一時之負抱擬星馳而電掣雖表暗而裏昭慼幽燐之碧血帶野燒之餘燋影周流於簷角光聚散於廊腰當晦朔而仍熾飛熠燿而若驕誠依草而附木儼麗漢而燭霄蓄太陰之精蘊避乾陽

之焯爍儘應候以輝煌昧違時之寥落驚惶紈素之揮躓蹶紗籠之索宛蟪蛄之春秋靡蟬鳩之嘲噱危若警乎螳螂安且希乎燕雀道有消長之判物無動蟄之殊既含生而抱性豈有菀而無枯疑炙手之可熱陋趨炎之近愚疇矯翼於桐桂寧返照於榛蕪歷玉衡之迅轉愴銀箭之如驅鑒盛衰之遷變曷韜晦於須臾

正誤表

卷	頁	行	正	誤
一	八	十八	塘	堂
一	十三	十六	嗚	鳴
一	十九	十七	綠	錄
一	二五	五	暄	喧
一	三十	二十	凴	憑
一	三五	十	舛	乖
一	三九	七	嗚	鳴
一	四二	十	搖	瑤

二	一	二十	拙	掘
二	十九	十八	花	芳
二	二一	一	字	宇
三	三二	六	岐	歧
賦鈔	一	四	次	化
賦鈔	七	六	破	彼
賦鈔	十八	二	藜	黎

姚倩、姚莅撰

南湘室詩草（附詩餘）

民國四年（一九一五）排印本

提要

姚倩、姚茝《南湘室詩餘》

《南湘室詩餘》一卷，姚倩、姚茝撰，附於《南湘室詩草》一卷後，民國四年（一九一五）排印本。《南湘室詩草》扉頁有「南湘詩草」字樣並配花草圖。内有林鵾翔與朱紈題詞。《南湘室詩餘》前有乙卯春季林鵾翔與朱紈題詞。

《南湘室詩餘》是虞山（今江蘇常熟）姚倩、姚茝姐妹作品合集。二人出生於官宦人家。祖父姚福增（一八〇五—一八五五），字至川，一字備也，號湘坡，道光十二年恩科進士，官至浙江道監察御史。姚倩，字倩君，又名姚鴻倩，另著有《蘿香室詩詞集》。姚倩有在外游歷的經歷，並曾與夫遠赴日本。妹姚茝，字婉瑩，又名姚鴻茝，另著有《紉芳集》，歸俞承萊，即俞天憤（一八八一—一九三七），字彩生，一作采笙，以筆名天憤行世，别署俞憨，是近現代小説家，中國偵探小説拓荒者之一，著長篇小説《薄命碑》《鏡中人》《繡囊記》《劍膽琴心録》，短篇集《中國新探案》《中國偵探談》等。《南湘室詩餘》主要是姐妹之間或唱和或懷思或戲謔之作，吟風弄月，傷春悲秋。如姚倩《點絳唇・春閨》《賣花春・春慵》，姚茝《點絳唇・惜春》《虞美人・送春》《菩薩蠻・春暮》《賣花春・春困》等，皆是抒寫閑愁之作。相比姚倩，集中姚茝的懷思之作相對較多，從其部分詩詞所反映的内容來看，概是其婚後的生活不盡如人意，如《寒夜獨坐，瓶花摇落，窗月依人，寶篆煙消，鴛幃夢冷，追念疇昔，寢不成寐，挑燈書此，並述近况》一詩：「更長漏短夢初回，寂寂雙扉掩碧苔。殘臘不教和恨去，新春偏爲送愁來。臂鬆條脱衫輕襯，心比連環結不開。自歎年年愁裏過，羡君夫婿解憐才。」此詩似是寫給姚倩，詩中句句是愁。尤其是最後一句，似是羡慕姚倩夫婦之諧美，並反觀己之不遇。或正是其婚姻生活不如人意，旁無所依的她將姐視爲她可傾訴與思念之人，故詞中的情感指向較爲單一和明確。總地來説，《南湘室詩餘》不出傷春悲秋的範疇，題材内容比較狹窄，風格仍屬婉約一路。

一枝春

擘碎珊瑚，悔輕把、曲曲幽情傾吐。知音稽數，可解惜春情緒。搓酥滴粉，且休羡、老家眉嫵。春去也、紅豆頻拈，寄語自調鸚鵡。餞春春去如何安自將紅豆調鸚鵡皆集中雋句也傷心在、無言寞寞，凝情別恨花前堪訴。同心五縷，此際又添新譜。天涯咫尺，笑何事、留情濃楚。集中燭影搖紅壺中天諸闋傷離念別情意凄婉題錦字、應署聯珠，小紅湯付。

笠夫同年以夫人所著南湘室詞集見示，並索序，倚此以志傾佩。乙卯三月弟林鵾翔拜稿

奉題　大箸南湘室詩稿

多少鬚眉成濁物，平章風月讓紅妝。樓名花萼雙枝豔，粥啜防風七日香。滄海別添朝士感，功名還繞女兒腸。讀君「雖助功名壯志消」之句，益佩抱負非常。憐余慣被櫻花笑，江戶年年作嫁忙。外子廣盦作有櫻花詩及櫻花詞，余愧未能和。

乙卯三月朱紈作於駐日使館之半櫻簃

南湘室詩草

虞山姚倩蒨學

春暮遣懷　姚倩

世事浮沈漫共論蕭蕭梅雨掩重門畫屏病起寒猶怯繡被香殘夢不溫飛絮簾櫳春寂寞落花庭院月黃昏比來贏得消愁法一卷離騷酒一樽

贈綺韶女史　姚蒨

緣深一見便多情羡爾襟懷水樣清曾記芳塘初識面垂楊陰裏聽蟬鳴

輕颸羅衣薄彈鬢臨風玉立態珊珊出羣標格誰堪

並淸似梅花韻似蘭

冰雪聰明錦繡詞暮雲春樹惹相思自從捧讀瑤章
後幾度拈毫怕作詩

纔聞新雁唳長霄又見雙星渡鵲橋儂是愁中君病
裏一般辜負此良宵

子夜歌　姚倩

添罷博山香笑對銀釭立珍重並頭花勸郎莫輕別

冷月出疎林窺窗皎如雪試取瑤琴彈泠泠不成曲

冬夜抑何長怕展衾如鐵獨自倚薰籠心碎銅壺滴

歲暮感懷

辜負光陰感百端，多愁贏得帶圍寬。沈沈簾幕爐烟裊，寂寂房櫳蜡炬殘。爲理舊詞人轉嬾，怕翻冷被夢難安。西風和淚吞鴉陣，倚徧闌干翠袖寒。

供梅　姚茝

點綴寒香映碧紗，數枝也復態横斜。晴窗伴我攤書坐，不減孤山處士家。

種梅

分得瑤臺絕世姿，白鋤明月傍疎籬。此花本是羣芳首，故占春風第一枝。

探梅　姚倩

聞道南枝次第開，衝寒幾度踏蒼苔。林間老鶴休相笑，爲訪春光特地來。

畫梅

素縑香染墨痕新，倩影疏枝倍有神。嬾向東皇問消息，毫端繪出隴頭春。

游春三絕句　姚倩

東風如剪草如絲，山色空濛夕照遲。一路杏花香不斷，酒旗高出綠楊枝。

低疊窄袖入時妝，綺陌風來撲面香。戲擲青梅驚女伴，隔花飛起兩鴛鴦。

輕舟如葉過林塘一片澄波映夕陽閑倚水窗情脉
脉泥人百六好韶光

催妝

燭搖紅影照高樓欲褪春衫半帶羞料得新婚初卻
扇任人看煞只低頭

鶯聲嚦嚦破窗紗香夢惺忪寶帶斜慵倚妝臺嬌不
語倩郎爲整鬢邊花

新柳

細葉乍成條盈盈舞態嬌風流誰得似纖瘦小蠻腰

春閨　　　　　　　　　　　　姚茝

羅衣乍怯曉風寒一樹夭桃露未乾笑執輕紈花外立撲將蝴蝶喚郎看

紅梅

不隨飛絮委香塵老幹橫斜獨占春染得胭脂好顏色恐教妒殺曉妝人

暮春

嬾窺菱鏡卸雲翹無限相思瘦柳腰一種深情誰解得夢回鴛帳可憐宵

畫欄慵倚自徘徊愁見荼蘼落又開偏是關心梁上燕雙雙飛去又飛來

落紅如雨滿階墀，硯匣封塵筆網絲。絳蠟似憐春易去，臨風也解淚胭脂。

薄寒料峭掩窗紗，風細爐烟一縷斜。十二闌干渾不倚，月明閒煞海棠花。

前題

雨餘芳草自成叢，閒步空庭數落紅。最是多情雙燕子，頻啣花片過牆東。

飛絮飛花春事闌，東風無賴儘摧殘。嫣紅姹紫飄零盡，惆悵簾前不忍看。

綠窗晝靜柳圍簾，欲繡鴛鴦綫懶拈。半是傷春半中

酒無聊雙鎖翠眉尖

酒病春愁兩不支海棠開後燕歸時比來幽怨憑誰
遺只有消閒七字詩

前題　　姚倩

暈罷花瓶日影遲繡籠慵倚惜芳時病中情緒春來
況只有簾前鸚鵡知

半窗修竹露華浮簾外輕寒上玉鉤最是園亭春欲
暮鳥啼花落不勝愁

如絲細雨潤苔痕一樹垂楊翠掩門燕子不來春寂
寂梨花滿地月黃昏

花到春殘惜已遲，鶯聲鈴語惹相思。多情最是翻飛蝶，猶戀餘香繞故枝。

夏閨　姚茝

涼風透疎櫺，清景勝於昨。自掩碧紗窗，莫遣燈花落。

香汗浸冰肌，蘭湯浴初罷。桐階風露涼，蟋蟀絮遙夜。

銀漢月光明，露溼秋千索。一笑下閒階，悄把雙星祝。

桐子墜空階，鴛幃夢初醒。庭竹正當窗，一片蕭騷影。

偶成　姚倩

池塘雨過晚生涼，風送菱荷細細香。最是撩人無限思，並頭花下宿鴛鴦。

秋夜口占

銀漢斜明月半天，玉階閒步未成眠。如何一樣梧桐葉，纔着秋風便可憐。

寄蕙儂姊

一自分襟後，梧桐已着花。不知緣底事，夜夜夢君家。

蒙贈鬱花箋，愳無咏絮才。漫勞青鳥使，幾度索詩來。

苣妹歸後煩無意緒漏已三下猶不成寐恍惚間至一處粉牆圍竹樓閣層層茉莉滿庭含苞欲吐月明如水螢火爭飛正徘徊玩賞時忽為晨雞驚寤追思夢境宛然在目詩以誌

之
星星螢火點蕣苕茉莉含芳半未開滿地月華人不
見夜深閒殺好樓臺

月夜感懷

桐陰小立怯輕寒身世茫茫感百端同是天邊一輪
月怪他偏向別人圓

即事

獨坐支頤景寂寥一庭落葉雨蕭蕭生憎昨夜西風
緊剪碎窗前鳳尾蕉

七夕

拜罷雙星獨倚樓銀河斜掛月如鈎頻年悔乞天孫巧爲了聰明反惹愁

秋夜寄葭妹

無眠偏覺夜漫漫紙樣羅衾不耐寒從古多情添恨事本來識字啓愁端綺窗雨過蟲聲切繡帳燈昏月影殘一語贈卿須記取秋風珍重莫憑欄

秋夜聞笛憶姊弟　姚葭

慵畫雙蛾倚鏡臺相思底事日縈懷情多轉覺情無着夢好終嫌夢易回月影漫移花影去風聲偏送笛聲來吟餘小立牆陰下時有桐花點翠苔

聽雨

倚牀愁聽雨瀟瀟一點殘燈伴寂寥已是吟魂淒欲斷那堪窗外有芭蕉

寒夜獨坐瓶花搖落窗月依人寶篆烟消鴛幃夢冷追念疇昔寢不成寐挑燈書此并述近況

更長漏短夢初回寂寂雙扉掩碧苔殘臘不教和恨去新春偏爲送愁來臂鬆條脫衫輕襯心比連環結不開自歎年年愁裏過羨君夫婿解憐才

前詩意有未盡續咏四絕句

那堪回憶十年前，嬌小曾經掌上憐。不是愁多書便少，省君情緒爲儂牽。

舊恨新愁積萬端，負他窗外月團圓。空箱檢取嫣紅豆，幾度燈前反復看。

悄倚鴛衾淚似潮，等閒虛度可憐宵。怕看燭影搖紅處，心已成灰恨未消。

往事何堪徹底思，遣愁無奈寫烏絲。一箋寄與相思句，珍重啼痕好護持。

除夕

紅搖歲燭照華筵，爆竹聲中又一年。飲罷屠蘇無箇

事小窗呵凍寫春聯

寄蕙儂二姊

繡被慵將瑞腦熏病來寬褪茜羅裙自憐知己無多
輩解釋芳心賴有君

題花下美人畫幀

薄暖輕寒正乍晴階前芍藥綻紅英高枝露滴雲鬟
溼嫩蕋香沾翠袖輕春透玉樓初醒夢聲傳柳院恰
聞鶯無言故傍濃陰立卻恐郎窺分外清

疊前韻　姚倩

燕蹴新泥春晝晴紅妍紫姹燦瓊英藥闌倦倚鸞釵

歸芳徑微行鳳屧輕茉莉叢中驚睡起海棠枝上聽新鶯含情小語斜陽裏人與名花一樣清

閨中雜咏

晚妝草草髻盤鴉青粉牆頭夕照斜多少離愁消未得閒庭初展玉簪花

嬾賞花枝出繡帷悄悄綺閣柳絲垂幽禽不解人惆悵日日窗前喚畫眉

深深庭院靜無譁倦倚闌干日易斜淚滴玉階君不見秋來開徧斷腸花

無題

姚茝

嬾卸雲鬟對鏡奩惱人春色上眉尖鬬情應恐嫦娥
妒月到紗窗不捲簾

春日即景　　姚倩

輕舟搖過板橋西花壓茅檐柳拂隄無數落英浮水
面隨波流傍釣魚磯
鬢嚲楊柳綠堆鴉薄薄羅衣短短釵最愛平原新雨
過落花香染踏青鞋

前題　　姚茝

素手相攜踏軟紅綠陰深處語從容低徊怕有游人
至不看桃花只看儂

芳菲無限豔春城，啼鳥聲中欲斷魂。卻怪游人太無賴，道儂有約到前村。

寄倩君姊

曉起捲簾看，無數飛紅撲。風雨儘摧殘，不管花枝弱。咫尺渺音容，空有書來去。別後思無窮，相見反無語。君本善相思，儂素多煩惱。欲訴比來情，不忍輕相告。

柳絲

拂水籠煙阿那枝，纏綿千縷惹相思。柔情賸得征人住，南浦何須怨別離。

柳絮　姚倩

縈階繞砌惜紛紛，半入池塘半委塵。一院闌珊春不管，捲簾愁殺樓人。

踏青　姚茝

細雨潤天街，鬟低墮玉釵。落花紅滿地，香染踏青鞋。

花影　姚倩

非烟非霧印蒼苔，一片春痕掃不開。半捲湘簾人未窺，數枝和月上身來。

春夜感懷寄茝妹

細數更籌故故遲，獨欹鴛枕淚如絲。鶯啼燕語都添恨，絮落花飛任所之。別後情懷難自遣，比來心緒怕

人知莫言咫尺能相見一日思君十二時
紗窗月落怨更遲挑盡銀缸嬾賦詩蜡炬將殘猶有
淚春蠶未死總抽絲愁當深處偏難訴情到眞時不
諱癡贏得相思兩行淚爲君傾瀉怕君知

春閨花落詞聯句

春風料峭春花香（倩）寂寂春閨春晝長最是春來春
色豔（薇）紅桃白李鬪芬芳芬芳桃李春光好（倩）可奈
紅顏容易老宵來愁雨且愁風惜花人替花煩惱（薇）
寄語東風且莫吹留些餘豔慰相思多情肎是樓前
柳不待春歸已綰眉妬花風雨來何速（倩）千紅萬紫

皆零落根觸春愁不忍看（菃）底事紅顏多命薄薄命憐花更自憐（倩）傷春爲賦落花篇（菃）幾回私向花前禱（倩）但願來春花更鮮（菃）

病起　姚菃

晝長風漾畫簾鈎病起心情怯倚樓鸚鵡也知人意嬾日高猶未喚梳頭

感懷和閨友原韻

如醉如癡結想頻倚闌愁見草如茵願言懺卻傷春思第一多情最損人

贈閨友　姚倩

深院塵囂絶憑闌嬾賦詩天高鴉陣遠風靜雁行遲
善病憐卿瘦工愁笑我癡怕看窗外月兩地照相思

新秋

柳影參差落日斜蟬聲新透碧窗紗怪他昨夜無情雨滿地飄零紅藕花

七夕偶成

一彎眉月映窗扉小院涼生暑氣微爲撲流螢花下立粉香微糝碧羅衣
耿耿星河玉露零秋光冷浸水晶屏幽情欲向天孫訴祗恐花間小婢聽

徙倚空庭不忍眠夜深涼露溼秋千箇儂詩思今宵好閒握霜毫染彩箋

和作　　姚茝

銀河寂歷渡雙星女伴相隨出戶庭儂自無心將巧乞且携紈扇撲流螢

露涼未下雨初收纔覺梧桐一葉秋侍女不知人意思喁喁絮語話牽牛

輕雲如練月如鉤簾捲西風怯倚樓拜罷雙星無限恨砌階蛩語助人愁

秋夜有感

疎簾影透月朦朧，羞向嫦娥訴曲衷。蕉葉有心愁夜雨，海棠無力怯秋風。露凝庭竹千枝碧，霜染江楓萬樹紅。鴛枕獨欹思往事，怕聽檐鐵響丁東。

即事

玉階閒佇晚晴天，深院沈沈半幕煙。最是彎環三徑裏，海棠經雨可人憐。

窺窗新月映溶溶，小步閒階怯露濃。花影一簾隨夢斷，悽聞四壁訴寒蛩。

殘更數盡夜如年，睡鴨香消寶髻偏。滿院月華清似水，垂頭兀自弄鳴絃。

同女伴納涼口占　姚倩

露涼蟋蟀繞階鳴，月色空濛夜氣清。彳亍中庭無箇事，笑持紈扇撲飛螢。

月明如水浸窗寒，苔滑弓鞋露未乾。花氣襲人眠不得，夜深倚徧玉闌干。

秋閨　姚茝

一味新涼透碧紗，竹爐烟散罷烹茶。戲將硯底書餘墨，學畫人間侍女花。

月照梧桐滿地霜，醉餘無力卸殘妝。自憐膽小空房怯，留得殘燈伴夜長。

病中自遣　　姚倩

支離無奈又黄昏，藥鼎烟殘火尚溫。不是愁魔偏戀我，玲瓏心地易銷魂。

咏秋海棠

脂點輕紅粉糝香，淚零幽徑一枝芳。西風倦倚嬌無力，疑是楊妃醉後妝。

秋夕感懷

數徹更籌燈影孤，淡烟涼露太模胡。春蠶已死絲猶結，蠟炬成灰淚始枯。一枕餘酲和夢醒，半窗殘月倩花扶。秋來處處堪惆悵，葉落空庭翠疊鋪。

寂寂迴廊月影遲燈昏香燼獨支頤事難如願都歸命情到成魔豈悔癡密意嬾從明月訴啼痕羞爲鏡奩知自憐身世殊蕭瑟卻說年來勝昔時

中秋　姚菦

露冷庭階溼風輕翠袖寒無言倚珠幌花影上闌干

雨窗感賦　姚倩

繡幃寂寂掩重門倚枕閒吟被未溫半壁殘燈一簾雨縱無離緒也消魂

重陽　姚菦

纔見楓林染曉霜一天風雨又重陽多情最是東籬

菊卻耐深秋炫色香

落葉

梧桐庭院晚蕭蕭冷夢驚回意寂寥燈火半窗人未睡夜深淒絕隔牆蕉

疏林荒徑劇堪憐添得秋聲到枕邊最是蕭騷風雨夕擾人清夢不成眠

冬夜　姚倩

中庭風靜樹棲鴉翠袖天寒倚竹斜明月似憐人寂莫故移梅影上窗紗

聽雨　姚蒨

又是西風料峭天半牀燈影枕書眠尋常一樣芭蕉雨聽到愁人倍可憐

庚戌新正九日爲倩君姊吉期爰賦四章以申賀意

紫羅衫子翠雲翹喜逐雙成下碧霄簫鼓春城喧未歇一輪月滿近元宵

盎然喜氣溢華房蠟炬高燒試晚妝窗外紅梅開似錦未曾辜負好春光

錦幃繡幕怯春寒無力梳頭對鏡鸞底事低徊羞不語水晶簾下有人看

畫屏新樣費揣摩品茗談詩韻事多月上紗窗人未寢黯情瞞不過嫦娥

早起

碧紗窗外透晴光侍女鈎簾罷曉妝欲折花枝轉惆悵怕驚蝴蝶過東牆

咏桃

露井香凝日影偏丰姿綽約小庭前因風柳絮紛紛舞錯認紅梅着雪妍

筱娟姊以鍋韻詩見示次韻二章班門弄斧不值方家一哂　姚一倩

興來莫問夜如何酒飲千杯不厭多月上梅梢人悄立敲冰親試紫銅鍋

連朝小病奈愁何顧影腰支瘦削多輸彼大觀村嫗樂如牛食量大於鍋

庚戌春隨外赴吉闈中諸姊妹以詩送行驪唱在門匆匆不及作答長春旅次寢不成寐率賦五章即寄

鷄鳴茅店曙光寒草草梳頭掩鏡鸞輸與尋常幽閨裏妝成猶自倚人看

北風颯颯覺衾單旅館燈孤客夢殘記得去年春病

起重裘尙怯捲簾寒

繡簾半掩散餘溫，酒入離腸易斷魂。坐久無聊眠又早，最難消遣是黃昏。

打窗風雪夜蕭蕭，回首江南萬里遙。省識相思了無益，泥人最是可憐宵。

客裏光陰感不禁，征車歷碌夢難尋。新詩一紙愁千斛，莫當尋常風月吟。

贈葭妹三首

淡畫春山粉略施，羅衣輕稱小腰支。徘徊笑泥檀郎問，今日新妝可入時。

詩情畫意兩纏綿料得芳時逸興添況復香閨工雅謔不教愁緒上眉尖

嬌女聰明正倚床畫眉窗下好時光遙祈來歲春風裏為賦新詩賀弄璋

吉廎同來閨友忽有言旋之舉客中送客倍難為情賦詩贈別曷禁感慨係之

殘燈半熄雨簾纖未到分離已黯然懶唱驪歌音宛轉怕聽絮語意纏綿羞將別淚人前灑難免迴腸去後牽莫怪臨歧反無語恐君情緒為儂添

子威姊丈以近作索和芳馨悱惻如見其人珠

玉在前未敢下筆勉成五十六字即書其後

一往情深不自持鬧香鏤雪寄相思勸君莫作多情語越是多情越是癡

分明一字一珍珠和到佳章擱筆思莫怪儂心太傾倒除君無可與論詩

小瓶供折枝參差有致詩以賦之

膽瓶斜插兩三枝疏密天然入畫姿伴我芸窗消永晝一杯清茗一聯詩

秋夕

玉壺傳點夜三更風雨敲窗夢不成獨坐挑燈誰是

伴茜紗窗外聽蟲聲

步月感懷寄倩姊　姚茝

露溼空階翠袖寒，醉餘慵倚玉闌干。遲眠爲惜清光好，此景人生幾度看。

病況　姚倩

風鎖冰簾雪滿墀，臥痾偏値歲闌時。斷來口味惟餘藥，愁遶胸懷只有詩。鄉夢正酣慵婢喚，帶圍頻減恐郎知。自憐病體支難久，猶把平安慰別離。

病中示弟妹

懶把幽情寄錦箋，故園回首別經年。離懷入夢思尤

切病骨逢春瘦更添口滿綃幃猶戀枕塵封鸞鏡怯
開奩負他夫婿殷勤意卜徧牙籤少吉占

寒夜　姚茝

蘭釭紅燄一花開自撥寒灰背鏡台明月不知人意
倦夜深還上小窗來

殘梅

幾日輕陰釀雪天夜來風雨最情牽南枝破曉關心
數尚有疎花數朶妍

贈惠哥　姚倩

相思欲訴話偏難且把離顏仔細看錦帳四垂燈半

爐秋深午夜不知寒

沉烟一縷裊如龍，昨夜新涼力轉慵。卻怪檀郎太無
賴，並肩笑語故喁喁。

談詩品茗樂如何，羨爾蘭閨韻事多。料得嫩涼明月
好，定將好句泥郎歌。

秋夕即景

一窗涼月影模胡，雨過莓苔潑翠鋪。為賭新詩拈險
韻，拚教閒卻繡工夫。

哭通兒

香消睡鴨漏遲遲，正是嬌兒玉化時。莫更新正書吉

語爲兒先賦斷腸詞

半年珍惜曇花似一旦相拋執不悲膝下乍離兒莫憾泉臺一樣有慈帷

苦盼音書夢不成天涯歸信太沈沈傷心昨夜彌留際枕畔猶聞索乳聲

寂寂房櫳夢易驚靜聽簷滴最關心夜深風雨涼如許小小孤魂恐不禁

清才濃福本難兼莫把牢愁怨上天空有傷心千點淚烏能流得到重泉

清晨稽首向蓮臺默把幽情禱一回玉燕投懷如有

日願兒依舊膝前來

飛絮穿簾落花點砌春光將暮游子不歸撫景懷人未能無恨濡筆賦此聊以代簡

游踪底事殢天涯放棹西泠願又賒學淺愧無詩織錦情深應有夢還家多愁空佩宜男草久別羞簪夜合花一語贈君須記取莫教辜負好韶華

不寐有感

一穗銀燈映綺寮關情好夢戀前宵（予於前夜夢見適兒）燒殘香字心猶熱拭盡啼痕怨未消閒徧海棠春有限靜聽蓮漏夜無聊隔簾已似天涯遠況更關山萬里遙

和閨友陳定文原均

奉讀瑤章已隔年，揮毫想見落雲煙。才華自古能妨福，修短難將理問天（指靜芬女士）。憐我客途多潦倒，羨君兒女盡英賢。他年願列門牆下，可許追陪侍講筵。

天涯又值早春時，世事紛紛任所之。檻外櫻花初破萼，庭前柳葉未舒眉。泥郎窗下同分韻，約弟燈前對奕棋。自愧比來疏嬾甚，竟無佳句報君知。

簾波匝地掩窗扉，無賴春寒戀客衣。寶鼎風微煙裊篆，長隄雨過草抽肥。青山冉冉雲初起，翠箔盈盈燕乍歸。多少鄉愁消不得，憑闌兀自對斜暉。

雨窗岑寂百感茫茫鴻燕不來故園音杳剪燭賦此即以代簡

新愁舊恨兩茫茫倚徧熏籠嬾上床聯斷家書如夢杳數殘更漏怯宵長嘗來蓮子心逾苦嚼到梅花頰自香燕子不知春色好偏來北地覓雕梁

東瀛寓園有松柏數十株傍餘隙地一弓以梅花補之

茅檐竹牖傍山涯小住何妨便當家儂自攜鋤君抱甕一庭明月種梅花

曉起

無語坐鈎簾清氣軒眉宇花霧綠濛濛宵來有微雨

新晴

玉階雨過淨無泥牆角依稀夕照微卻喜門前春水漲苔痕綠上釣魚磯

無聊

睡起殘妝嬾更添無聊閒立小庭前數聲啼鳥冥濛雨便不思家也可憐

戲效東妝

七尺菱花徹底寒髻翻新樣倩人盤妝成欲起還羞怯幾度徘徊對影看

風雨匝旬木葉凋落竟似江南深秋天氣兼之外子歸國久無音信獨居海外倍覺無聊賦此緘寄故園姊妹

駒隙光陰去若馳別來又屆菊花時金釵典盡緣沽酒銀燭燒殘尚索詩島國途驚秋信早愁懷每恨雁書遲江南滿目皆烽火西望鄉雲淚似絲

家門瀛海兩迢迢萬斛離愁倩酒澆月下思君雙淚落天涯憐我一身遙羊腸世路馳驅倦雞肋功名壯志消何日始能遂初願湖山深處共編茅

寄外

一鉤涼月透疏簾，獨倚銀屏不忍眠。昨夜西風吹夢醒，客衣悔未爲裝棉。

嬾整殘妝倚繡籠，離愁脈脈損兩眉峯。開緘細讀相思句，別有幽情一萬重。

十月十五夜索志鳳弟和

含顰悄悄倚闌干，菊漸舒黃露漸寒。今夜月輪圓似鏡，天涯照得幾人歡。

志鳳弟留學日本偶以詩來依韻和之即以代簡　姚蓓

珍重臨岐語萬千，客中冷暖自週旋。春風如剪征衣

薄莫愛清光夜不眠

休嫌踪跡滯天涯，四海由來盡是家。更願郵筒勤往返，安排雅韻詠梅花。

原作

負笈東游路幾千，不知何日始言旋。生憎板屋瀟瀟雨，慣擾羈人徹夜眠。

離親別友寄天涯，每到春來倍憶家。卻喜課餘無俗事，一樽濁酒對梅花。

暮春即事用倩君贈陳女士韻

到眼滄桑又一年，喜聞境外息烽烟。小園蝶舞初長

甚深樹鳩啼欲雨天靜理琴書聊自遣放懷今古孰爲賢笑他女伴多情甚擬送春歸設餞筵

落紅砌畔積經時雨打風吹且聽之好向晨昏娛二老懶將深淺畫雙眉韶華每負花前句勝敗偏明局外棋歷盡酸辛多少感寸衷默默怕人知

鎮日無聊且掩屏嫩寒時襲舊羅衣年來唯覺吟情減春去偏憐綠意肥萬恨千愁誰我慰三秋一日盼君歸姊諗倩兒童不解韶光老戲撲楊花趁夕暉

閨怨 限溪西雞齊啼韻倣一二三四五六七八九十百千萬丈尺雙半字

姚倩

疎星三五映清溪，六曲迴闌月半西。盼斷尺緘嗔薄倖，驚回好夢惱鄰雞。百千萬丈愁絲亂，七八分春綠意齊。二十四時腸九折，怕聽翠羽一雙啼。

十丈青山九曲溪（時客日本青山），結鄰五六水村西。尺書雙剖江中鯉，半夜頻鬪屋角雞。一二三間茅舍穩，百千萬个竹陰齊。早秋七八分寒意，已聽蟲聲四壁啼。

前題　姚茝

一帶垂楊九曲溪，家居二十四橋西。千行淚燼三更燭，百丈情牽五夜雞。萬古姻緣誰美滿，雙修福慧本難齊。韶華七八春過半，六尺屏山聽鳥啼。

紅樓百尺傍清溪，十二闌干曲折西。四壁蟲聲三轉柝，半床殘夢五更鷄。深宵賭酒敲雙陸，重九題糕限八齊。六七分秋千丈思，萬愁併作一番啼。

感時　依前限韻嵌字

雙椽矮屋半灣溪，四面泥牆夕照西。五六牧童春放犢，二三稚子暮呼鷄。米珠升斗百千値，布帛參差丈尺齊。老幼一門七八口，十年九饑萬家啼。

秋夜感舊寄苣妹　姚倩

獨坐明窗下，淒然欲斷腸。一燈搖瘦影，四壁泣寒螿。蕉葉凝新露，黃花吐晚香。傷心思往事，憔悴惜韶光。

慣倚嬌痴性偏憐父勝娘背師偷出學攜弟捉迷藏
有問憑君釋無言不我商敲詩宵剪燭賭酒日飛觴
薄病親調葯輕寒替易裳冬爐同撥火夏簟共招涼
一旦離筵設悠悠別恨長鄉書阻烽火歸夢隔重洋
姜被何時暖關山路渺茫輸他天際雁飛處總成行

秋風

姚蒞

虞嶺秋光異若耶商聲到耳正無涯蛩音切切淒於笛楓葉離離豔勝花一桁簾波何蕩漾幾絲香篆白欹斜深宵鐵馬聽嗚咽疑是邊關奏暮笳

秋雨

如此秋霖九月中敲殘荷葉碎梧桐風穿籬落欺寒蝶涼逗江鄉叫斷鴻薄蘚漸侵凌亂碧新楓已作淺深紅清愁欲共屛陰結信筆閒吟句未工

聲聲慢 用秦孺博君題藝蘅館詞選韵

箋波織恨，香篆牽愁，紅閨詞染輕綃。姊妹花前，新歌律呂和調。臨風自成珠玉，擬吟鬢、堪笑文簫。逢山近，催征人偏遠，遠遙詩招。集中有寄外詩，情詞俱妙

今日文章凄飆，數錦心繡口，只是無聊。別樣凄清，相看翡翠蘭苕。平生為誰傾倒，隱蛾眉、恨未全消。櫻花裏，過情情裏，遙寄碧寥。

乙卯春季兄拓 林鵾翔

奉題　大箸南湘室詩餘

天上霓裳節奏新，步虛聲裏記前因。魂銷瘦影李清照，淚滿春衫朱淑真。翡翠一雙花作伴，令妹詞並佳妙。闌干十二月窺人。大作有闌干十十二分箇人同倚之句。玉田妙諦心心印，大作深得樂笑翁清空之旨。未許無鹽強效顰。

乙卯春季語冰林朱紈拜稿 昔同容泟户

南湘室詩餘

虞山姚蓮倩學

金縷曲 哭淑貞表姊　姚倩

往事空悲咽，最傷心、珠沈玉碎，花殘月缺。記得連床同聽雨，細訴頻年衷曲。回首憶、踏青時節。品茗溪山閒眺望，看行行、畫舫衝波急。任細雨，沾衣溼。　無端杜宇催離別。惱匆匆、粱溪棹發，曉風殘月。潭水桃花春易逝，贏得迴腸如結。燕歸來、人偏永訣。最痛遺珠猶襁褓，忍教他、中夜呱呱泣。歌一闋，愁千斛。

一斛珠 雨夜懷倩姊　姚茝

柔腸千結秋風愁損雙眉葉夜闌悄展衾如鐵枕淚簷流隔着窗兒滴　故人咫尺無消息空餘兩下離愁積見時儘把相思說祗恐相逢又早成離別

前調 月夜懷倩姊

蘭釭明滅峭寒簾外西風急鏡鸞羞覩雙眉葉一寸心頭如許離愁積　秋來處處添淒絕砌蛩酸和砧聲咽月明休傍闌干立月是團圞儂是傷離別

高陽臺 閨友秀松數月相聚忽爾言歸別後郤寄

姚倩

萬種離懷千般別緒平生總爲多情懶整殘妝倚闌

幾度沈吟，年來幽恨憑誰見只天邊明月分明最凄清簾幕沈沈庭院陰陰　兒家本是工愁者更知音人去顧影零丁月下花前教儂怎不傷心早知如此相思苦悔當初容易相親到而今卿自思儂儂自思卿

蝶戀花 春暮

莫問春來愁幾許一捻腰支寬褪鴛鴦縷脈脈芳心誰與語自將紅豆調鸚鵡　寂寞閒庭飛柳絮拈得金鍼欲繡無情緒獨立花前詢杜宇春歸畢竟歸何處

蘇幕遮 春日書懷

綠初齊，紅未老，越是春來，越是添煩惱。閒倚妝臺人悄悄，越是相思，越是音書杳。　鬢雲鬆，香篆裊，越是黃昏，越是輕寒峭。雨雨風風偏撩繞，越是無眠，越是天難曉。

蝶戀花 送春

畫閣愔愔春幾許，簾捲簾垂，都是傷春緒。柳倦花慵春已暮，那堪春過清明雨。　小院鵑啼春喚去，芳草萋萋，春遍天涯路。儂喚春回春不住，餞春春去知何處。

踏莎行 春閨

香夢惺忪晝長意倦綺窗日暖芭蕉捲無端春恨鎖眉尖玉人悄立蘼蕪院　兩箇黃鶯一雙紫燕桃花亂颭胭脂片踏青女伴昨朝歸鬱金裙染香泥徧

又

綠怨紅愁蜂慵蝶倦抬身懶把珠簾捲楊花不管別離情等閒飛入深深院　窗暗新陰梁喧雛燕金爐裊盡沈檀片比來無意繡鴛鴦闌干十二斜憑徧

前調 前題 和倩姊用原均

姚茝

綺夢初回晚妝猶倦滿窗花影和簾捲月明何處玉

簫聲東風吹過梧桐院　懶數飛花怕聞語燕情絲織就愁如片王孫有約不歸來萋萋芳草天涯徧

又

綺閣春回綠窗人倦一庭柳絮東風捲十分無賴是鴛鴦雙棲故傍梨花院　徑曲啼鶯日長飛燕遊絲不繫桃花片曉來莫更倚闌干閒階經雨苔生徧

虞美人　春日病起懷蕙儂姊兩首　姚倩

海棠枝上鶯聲巧好夢頻驚覺連朝小病忒懨懨一任鬟偏釵嚲不開奩　湘簾半捲房櫳靜翠竹搖清影繡餘無奈日遲遲自剪窗前綠蠟寫新詩

小窗寂寂輕寒淺，離緒難分。剪金爐烟篆裊如縈織，就相思萬縷寄君知。池塘春草叢叢碧，都是消魂色。今宵明月正團圞，可惜無人同倚玉欄杆。

如夢令　惜春　　姚蒨

鶯囀柳梢春老，堆徑落花慵掃，獨坐小窗前，自理繡餘殘稿。煩惱，煩惱，腸斷天涯芳草。

前調　前題　和蒨妹　　姚倩

夢醒一燈如豆，滿架荼蘼香透，曉起照菱花，更比去年憔悴。憔悴，憔悴，贏得梅花消瘦。

菩薩蠻　雨後小園散步偶成寄蒨生妹

園林雨過添新翠青梅顆顆枝頭墜雙燕不歸來海棠花已殘　玉階閒佇立苔滑弓鞋怯無計遣相思憑闌獨賦詩

前調　寄倩姊即和原韻　姚茝

晚妝慵畫雙眉翠玉釵重壓雲鬟墜薄倖不歸來燈殘夢亦殘　無聊還起立風冷羅衣怯莫道不相思愁多懶賦詩

前調　獨坐無聊再用原韻寄懷蕙儂姊及外子　姚倩

夢回眉鎖雙彎翠雲鬟亂擁金釵墜花影入簾來篆

煙香未殘　卸妝閒起立小膽空房怯何以慰相思
消愁只有詩

如夢令　中秋

涼瀉碧天雲靜百和香燒金鼎玉宇淨無塵處處清
輝相映忘寢忘寢露溼闌干猶凭

點絳脣　春悶

綠暗紅稀那堪簾外蕭蕭雨數聲杜宇報道春歸去
春去春來總是無情緒愁如許杏花深處燕子呢
喃語

前調　惜春　　姚蒞

鎭日懨懨，東風不爲吹愁去。最無情緒，一枕黃昏雨。楊柳千絲，盡是相思縷。春將暮，翠眉慵畫，閒卻鴛鴦譜。

前調 聞砧

冷透疎櫺，秋風不管羅衣薄。嬾敲棋局，夜靜燈花落。刺耳寒砧，露溼秋千索。驚人覺，隨風斷續，聲和清宵柝。

浪淘沙 秋夜感懷

姚倩

寒氣透重簾，細雨濺濺。殘更數盡夜如年。蟋蟀玉階鳴不住，轉輾難眠。顧影自生憐，淚溼吟箋。蒼茫身

世奈何天回首那堪思往事幽恨綿綿

金縷曲 小齋獨坐春光將盡綠陰滿庭感念昔時無可自解聊寄長調以遣悶懷即呈蕙儂姊

幾度眠還起最無聊絮飛花落困人天氣刻翠題紅多少恨誰會詩中情意怪底事聰明相累數載飄零如斷梗歎他生未卜今生已更羞說誰知己　頻年況味從頭記最堪憐家貧親沒伶仃弱弟世事浮沈何足問畢竟此身如寄憑闌處藕絲風細兩地茫茫空繾綣儘消魂彈盡相思淚無限恨憑君慰

菩薩蠻 迴文兩首

个人愁處垂簾繡繡簾垂處愁人个單枕怯衾寒寒衾怯枕單　睡餘留薄醉醉薄留餘睡釵彈鬢雲斜斜雲鬢彈釵

捲簾新月明窗滿滿窗明月新簾捲清露浸衫輕輕衫浸露清　薄羅愁腕弱弱腕愁羅薄花落舞風斜斜風舞落花

虞美人　送春　　姚茝

連朝風雨增蕭瑟吹淺桃花色一絲烟篆裊房櫳餞得春歸人病又添慵　落英滿地無心掃硯匣塵封了小園紅杏已飄殘時有雙飛乳燕入簾來

滿江紅　倩君別後正值春暮絮颺晴風花飛紅雨離懷蕭索淑景闌珊感而賦此

屈指春來纔轉瞬又看花落關情處海棠紅冷杜鵑啼血雨裏桃花憐薄命風前柳絮傷飄泊歎玉顏如此委泥中東風惡　心上事憑誰託愁與恨常盈握看園林處處俱遮新綠人事漫隨花事換離懷偏共春蕭索正碧紗窗下試輕衫香羅薄

前調　冬夜感懷　姚倩

悄倚熏籠繡幃冷透西風急更那堪寒衾獨擁殘燈明滅舊約已隨流水去新愁疊疊如山積聽孤鴻天半一聲聲添悽絕　思往事空陳跡憐別緒淚珠滴

恨韶光如箭蹉跎歲月顧影自憐雲鬟改蒼茫身世
憑誰說歎今生事事不由人嗟何極

燭影搖紅　寄蕙儂倩若二姊　姚茝

亂綰雲鬟入時羞問眉深淺多愁天付善相思鎖日
柔腸轉好似影兒般慣別經旬令人懸盼何時相見
見又無言不如休見　欲寫幽情情長可奈雲箋短
漫言咫尺易相逢更比天涯遠無那落紅飛散柳千
絲空垂青眼晚妝初罷明月窺簾梨花庭院

前調　寄蘅妹即和原均　姚倩

一日三秋別來莫問愁深淺多情自是總多愁怎不

柔腸轉況是別離未慣更那堪你懸我盼無從得見
莫說無從夢中曾見　欲訴相思夢長可奈春宵短
休言咫尺似天涯心近身兒遠怪底彩雲易散剗銀
燈盈盈淚眼曉星將墜竹影橫窗月斜深院

滿江紅　七夕

迅速韶華纔轉瞬月圓又缺關情處蓮房露冷芙蕖
零落倚檻且教鸚鵡語憑欄羞覩鴛鴦浴喜新涼昨
夜透銀屏鳴啼鴂　心上事懸絲縛愁與恨眉常蹙
聽茜紗窗外風敲翠竹醉後空彈千點淚愁來然盡
三條燭正鵲橋此夕渡雙星纖雲薄

菩薩蠻 春暮　　姚蒨

楊花飄盡東風倦，捲簾羞見雙飛燕。雙燕語簾前，韶華又一年。漫拈紅豆玩，瘦減腰肢半。無計遣春愁，黃昏獨倚樓。

虞美人 蓮妹新婚歸寧，填此相戲　　姚蒨

春心無那腰肢瘦，諳盡愁滋味。懶窺鸞鏡理殘妝，妬殺雙雙蝴蝶宿花房。侍兒忽報檀郎至，簾外偷相覷。無言何事只低頭，衹是別時牽掛見時羞。

又

晝長人靜垂簾幕，花影當窗午。繡籠斜倚鬢雲鬆，添

得睡餘情緒上眉峯　個人咫尺天涯杳望斷青青草見時莫訝減容光鎮日爲郎憔悴罷新妝

滿江紅 述懷　姚茝

門掩黃昏篆爐香冷砧聲急更那堪敲窗風雨助人悽絕鬢影易從明鏡改牢騷都倩毫端洩恨愁魔何事苦相纏情難說　思往事空悲咽提舊恨愁凝結歎年來歷遍生離死別夜靜暗彈千點淚人前強展雙眉葉問箇中心緒有誰知天邊月

賣花聲 春困

香夢半惺忪倚枕還慵峭寒簾外又東風雨鬢亂雲

堆未穩自背人櫳　小苑杏花紅碧草茸茸韶光何事轉愁儂多少傷春離別緒齊上眉峯

前調　春慵　姚倩

春去太匆匆鏡匣塵封十分無賴是東風謝卻海棠飛盡絮零落殘紅　幽徑露華濃嬾步芳叢半緣酒病半緣慵縱愛呢喃雙燕子不捲簾櫳

望江南　蕙姊首唱余與蓮妹各和三首

秋光好羅袖自生涼楊柳臨風飄翠帶芙蕖經雨洗紅妝蟲語絮迴廊

秋光好籬菊正芬芳桂蕊蘭英齊欲絕魚莊蟹舍獨

徜徉風雨近重陽

秋光好明月正當空風冷玉階鳴蟋蟀露寒金井墜

梧桐燈影閃簾櫳

又

姚倥

秋光好人月正雙清天上良辰推七夕閨中韻事話

雙星小扇撲流螢

秋光好銀漢月光明香透珠簾風有味涼生玉砌露

無聲庭院夜沈沈

秋光好獨坐伴銀釭四壁蟲聲和夢遠一簾花氣載

愁降對影自成雙

附錄蕙姊原作

秋光好，獨自倚闌干。素魄娟娟良夜淨，銀河寂寂雁聲寒。桐子墜來圓。

菩薩蠻 秋夜同蕙哥作

姚倩

遙天耿耿銀河淨，月波一片梧桐影。院落夜沈沈，玉簫何處聲。　露涼蟲語咽，悄倚闌干立。莫上最高樓，秋光滿目愁。

前調 秋日寄外

西風料峭房櫳冷，海棠泣露紅凝梗。細雨潤苺苔，秋陰暗不開。　繡床閒倚處，脉脉和誰語。遙憶並肩人

相思無限情

前調 即事

姚陪

雨餘苔砌添新碧，低徊悄傍棠陰立。雙蝶上階飛，翩翩戀舞衣。　輕紈原在握，不忍輕相撲。明歲此花開，知他來不來。

菩薩蠻 廻文兩首

姚倩

霧窗寒鎖春山暮，暮山春鎖寒窗霧。明月正風清，清風正月明。　徑幽花弄影，影弄花幽徑。長夜怯空房，房空怯夜長。

曲闌斜倚羞明月，月明羞倚斜闌曲。煙草碧侵簾，簾

倚碧草煙　鏡戀臨瘦影影瘦臨戀鏡花落怨啼鴉
鴉啼怨落花

南鄉子　秋夜不寐寄蕙姊

獨坐對銀釭蟲語砧聲總斷腸八尺龍鬚眠未得思
量辜負流蘇白玉床　月影過東牆籬菊花香透綺
窗儂爲悲秋君惜別時姊外出　淒涼兩地更籌一樣長

金縷曲　述懷贈閨友秀松　姚茝

往事休題起更那堪滄桑零落舊時門第有酒難澆
愁萬斛誰念頻年心意不信道今生已矣青鏡紅顏
人未老向天涯歷徧酸辛味身世恨休重記　多情

自古拚憔悴漫牢騷蛾眉自是古今同忌二十年來愁裡過贏得君稱知己憑闌處月明如洗一夜相思千里共望遙天欲把窮愁寄無可奈空流涕

鬢雲鬆令 不寐懷倩君姊

雁聲悽梧葉墜纔着西風便覺秋憔悴無那病魔人不寐夢已無聊況是醒時候　篆消煙燈結穗紅蕊雙花差照孤衾睡今夜月華清似水兩處憑闌一樣相思淚

齊天樂 弔嚴烈婦

姚倩

虞山琴水鍾靈秀閨巷翠欽奇女絕粒心堅捐軀志

決日夜哀音吞吐荷淫曹烈女菱渚鄧烈婦正先後清標一般昭著仔細評量斯人畢竟更艱苦歐風又乘美雨歎女界沈沈昏如雲霧節凜冰霜行詩金石如此堅貞罕覯褒揚片語道巾幗完人學使獎此四字偏生蓬戶謹熱心香輓歌塡此譜

滿江紅 前題

姚茝

勞燕分飛驀變做杜鵑啼血心傷處桐棺一蓋此身永訣地下殘魂呼不起人間弱質空嗚咽痛孀姑兩鬢已星星難爲別　鄉曲女多奇烈九十日餓殘絕聽鄰舂罷相巷歌聲輟操比青松標勁節身如白璧

徵堅潔待旌揚巾幗此完人崇坊屹

燭影搖紅 新正二十八日倩君姊乘輪至滬即行赴吉余有小恙未克親送爰塡短闋以誌感即用前寄贈倩姊本調原均

萬縷千絲情深但覺江河淺臨岐不忍唱陽關預問何時轉憐爾長途未慣細丁寧倍增懸盼今朝相見明日天涯何時重見　執手牽衣欲言不盡情長短尋常小別尙魂消況是天涯遠簾捲楊花如散倚闌千慵閒倦眼最難消受風雨敲窗黃昏庭院

滿江紅 惜別

一曲驪歌無可奈短長亭畔說不盡千言萬語迴腸

先斷小別君還多記憶長途誰勸加餐飯況明朝分手即天涯何曾慣　詩酒事誰爲作花月夜無心玩染羅衣點點淚珠如濺愁裏怕聞鶯乍囀別來又早春過半祇將他一紙寄來書千回看

生查子 夜半　　姚倩

簾幕峭寒生人靜燈花墜懶卸鳳凰釵悄擁紅衾睡細數漏聲聲今夜郎歸否小語問雙鬟可曉怎時候

減字木蘭花 春日無聊塡此自遣

春風送暖遲遲長晝深深院悄立閒階細數花甎日影斜　眉痕雙蹙病來羞說人如玉誰到堂前忽聽

鸚哥喚捲簾

又

鳳帷春暖日高猶閉梨花院懶步瑤階睡起慵慵雲鬟斜纖腰一束情多贏得消香玉獨立簾前暮見郎來故下簾

又

綺窗日暖秋千閒掛垂楊院漫步庭階苔滑弓鞋鳳嘴斜 茜裙低束雙腮酒暈紅生玉倦倚屏前滿徑殘英怕捲簾

前調 和倩姊原均　姚茝

嫩寒輕暖翩躚蝴蝶飛深院蘚印侵階燕蹴殘紅瘦
影斜翠蛾輕蹙春來瘦損顏如玉嬾步庭前爲放
鑪煙乍捲簾

又

餳簫吹暖連朝雨過苔生院風靜璐階一縷茶煙直
又斜細腰盈束鬟鬆低彈搔頭玉竚立簷前戲撲
楊花入畫簾

附錄蕙姊和作

梨雲夢暖乳鶯細細啼幽院小立閒階絮颺晴風
整復斜眉尖損蹙微渦紅逗溫如玉携手窗前

泥試春衫不捲簾

念奴嬌 送笙夫人都　姚倩

翠蛾攢蹙恨無情杜宇枝頭催別誰道澆愁須倚酒醉後愈添凄切三疊陽關一聲珍重門外天涯隔知音人去詩筒茗碗虛設　何時攜手花間並肩小院踏碎瑤階月漫言日遠長安近望斷雲山千疊茅店鷄聲征途馬足風露君宜惜離懷多少祇餘相對脉脉

南浦月 夏日懷萍生妹

小扇輕羅晚妝初罷簾鉤起斜陽影裏一帶山橫翠

雲布魚鱗新月如眉細黃昏冥闌干十二少个人同倚

卜祘子 感舊

日暖蝶交飛風靜爐煙直欄外垂楊樓外山做出傷心碧 追憶十年前好事空陳跡慣倚嬌癡惹姊嗔阿母偏憐惜

壺中天 冬夜懷故園弟妹

寫怨塡愁祘今生總被聰明誤記得連床風雨夜不是者般淒楚小院愔愔羅幃悄悄伴着影兒守欲眠難寐挑燈白起還坐 思量別後情懷比來況味

未忍向君訴君本多情應會此祗恐更添離緒故國
書遙遙陽夢杳回首家何處新愁舊感此時卻與誰
語

百字令　聽雨有感寄倩君姊　　姚茝

雨雨風風正黃昏消受寒窗淒絕縱使無愁魂亦斷
何況乍經離別品茗花前敲詩月下往事成追憶自
從別後負他多少風月　長夜瘦盡燈花熏篝獨擁
細雨芭蕉滴寫就一緘遙寄與好慰鄉心千疊屈指
離君蟾圓三度勝比三秋隔萬千離緒相逢祗怕難
說

醉花陰　送春

深閨無計消清晝，鎮日閒銅獸。打疊餞殘春，柳倦花慵，報道春光透。韶華不管人消瘦，早淚盈羅袖。幾日怯憑闌，雨雨風風，做出悽涼候。

減字木蘭花　子威姑丈入都廷試賦此贈別　姚倩

韶光正好，一鞭得意長安道。益我相思，落月穿樑夢醒時。歸期須早，計日泥金覘捷報。別話無多，且把離懷付短歌。

畫堂春　杏燕題秀松妹所製錦共四闋　姚萱

東風吹醉玉樓人，柳絲風約芳塵。呢喃簾外故生嗔

似訴陽春　深巷明朝喚賣玳梁舊壘更新江南二
月草如茵細蹙眉顰

卜祘子　竹雞

涼意浸湘簾簾影篩瓊砌最是捎煙掠雨時聲振花
冠麗　擇粟讓腴紅拂石凝寒翠驚醒深宵起舞人
問此君知否

相見歡　楊柳翠鳥

依依綠徧春城雨初晴時樣眉痕輭蹙不勝情穿弱
綫蹴花片似流鶯飛上誰家衣桁弄新聲

點絳脣　菊花蝴蝶

傲骨迎寒淡如人意凝霜圃影憐疎處粉翅迷香雨蹴遍春花又向秋英舞身輕嫵短籬煙護夢入滕王賦

高陽臺 輓孫淑人照恆

姚倩

教溥家庭惠沾鄰里熱心如此應希德言容工可稱四字兼齊方期永舉梁鴻案怎無端含笑歸西最凄其良範慈恩留與人提從今幼稚絃歌寂痛春蠶未藟人竟長離月冷房櫳忍教枕畔兒啼況閨幽雅生成性悵無緣拜識芳儀枉依依一度思量一度歔欷

燭影搖紅 秋感寄外

理鬢薰衣妝成自把珠簾捲經句懶步出闌前頓覺韶光換苔長階已徧染楓林胭脂深淺黃花零亂幽徑香殘碧天雲遠　撫景懷人傷時感事柔腸斷金釵卜盡總無憑祗是添凄怨愁鎖眉痕不展最難禁黃昏庭院四壁秋蟲一窗冷雨伴儂長歎

醉春風 七夕

雨過閒庭院一片秋如畫西風搖曳萬枝蓮謝謝謝珠簾高捲玉繩低亙銀河清淺　自把沈檀炷花下深深拜無多心事祝雙星願願願天上人間良緣美

滿年年今夜

醉花陰　初夏　姚茝

雨過苔痕添竹院芍藥紅零亂半晌倚雕闌悄囑東風休把殘花捲　惜春已是愁腸斷離緒還縈絆杜宇忒無情不喚春歸故向儂前喚

踏沙行　裙帶　姚倩

鳥繡雙棲花描帶並低垂偏稱驚鴻影燈前無意綰同心惹他夫婿頻頻訊　欲睡慵鬆含情還整一章好事心私省分明蘭夢有徵祥比來自覺腰圍緊

前調　袖籠

越錦新裁吳綿軟，襯溫香一握籠春筍。偶隨女伴試梅妝，暫時拋棄還嫌冷。　翠帶雙垂釧金穩，稱捧心非效西施病。暮寒倚竹儘遷延，不愁袖薄西風緊。

鵲橋仙

民國成立後陰陽曆並用一年得兩七夕喜填此解

銀河澄淡，繁星明滅，正是鵲橋初渡。畫屏凝睇對牽牛，記曾與花陰攜手。　柔情如許，良宵有限，往事漫勞細數。天公着意惜分飛，教從此佳期兩度。

鬢雲鬆

秋蟲

綠蕪平，黃葉下，窗裏秋聲，窗外秋燈射。切切慣將人意惹，帶恨連愁，訴出多般也。　待尋來還又罷，只有

一庭涼月如煙瀉縱不悲秋聽也怕夢淺寒深絮澈淒清夜

望江南

人靜也獨自下階墀幽徑香來風細細柳梢月上夜遲遲小院立多時

菩薩蠻 立秋後一日風雨間作有懷蕙儂姊

纔驚一葉梧桐落離懷頓覺增蕭索風雨更飄瀟吟魂黯欲消　思君愁不寐淚揾紅妝退爲問素心人秋來瘦幾分